岩波現代文庫

大きな字で書くこと 僕の一〇〇〇と一つの夜

加藤典洋
Norihiro Kato

文芸 350

岩波書店

目次

大きな字で書くこと

僕の本質

僕の本質は
いま
表と裏を見せながら庭に落ちる
一枚の朴の葉

風が吹くと
ごそごそと動く
不器用な遺失物

誰にもいえないことを抱えることは
一枚の朴の葉にとって

大切なことであろう

表と裏があることは
一人の人間が人間であるための
本質的な条件なのだ

しかし
君にも若い時期はあり
ずっと昔
君という朴の若葉は小高い樹木の先端近く
空の近くで揺れていた

若い頃
小説を書き上げ
下宿の近くの坂をくだっていた

その時の満ち足りた気持を
忘れない

君は忘れない
多くのことを

君の本質はそれ
小説を書いたこと
でもその後書きつげなかったこと

そのことから多くのものが生まれた
死んだとある女神の身体から五穀の作物が生えでたように
しかし君の本質はそのこと……

僕はいま

風の中
誰か遠く人の声を聞く
どこかわからない
でもここが僕の場所

風が吹いても
動かない
かすかな窪地

Ⅰ　大きな字で書くこと

初出：『図書』二〇一七年一月号―一九年七月号

斎藤くん

斎藤くんという友人がいた。大学に入り、はじめて東京に出てきたとき、小田急線の狛江というところに兄と住んだ。同じ駅の反対側に住むクラスメートと知り合い、畑のなかに建つ彼の小さなアパートに招ばれた。大学ではじめてできた友人だ。

斎藤くんは、北海道の生まれ。背が高く、目が大きく、どこかエキゾチックな風貌をしている。あまり話さない。小さなアパートの三畳一間の部屋で、なかには小さな本棚が一つと座卓があるきり。飲む？ と聞かれたので、うんと頷くと、コップに水を汲んできて座卓の上に置いた。

その小さな本棚に、フランス語のサルトルの本が置いてあった。大学にはほとんど顔を見せない。いまでは記憶にないが、以前書いた文に、この斎藤くんに、小林秀雄のことを教えられ、「その影響で、読みはじめる」と書いているので、きっとそうだったのだろう。一九六六年のことである。

一八歳。私は、それまで東北の山形で過ごした外国文学好きの新しがり屋の文学少年だった。

それから、私はアルバイトを始め、兄との共同生活を終了して、井の頭線の高井戸の下宿に移った。大学にあまり姿を見せない斎藤くんと会う機会は減った。やがて羽田事件が起こり、私の生活は大きく変わる。もう一度、斎藤くんの話を聞いたのは、数年後、大学院への進学のことで友人の若森栄樹とともに主任教授の山田爵《じゃく》さんのお宅を訪問したときのことだ。

今年の大学院の試験で飛び抜けて優秀な成績で受かった学生がいるが教師の誰もが知らない。山田さんは斎藤くんの名前をあげた。変わった男だねえ、と山田さんが言った。

結局、私は二度、大学院を落ちて、出版社の試験も失敗し、最後、一つだけ受かった国会図書館の職員になった。ある日、国会議事堂と議員宿舎のあいだの道路の歩道を歩いていると向こうから斎藤くんがやってくる。着せ替え人形みたいにぎこちない。黒っぽい背広にネクタイ姿。やあ。どうしているの、と尋ねると、うん、靴の会社で営業をしているんだ。大学院はどうしたの。あ、半年でやめた。そして以前同様、背が高いまま、柔和に笑っている。

大学院をやめたあと、しばらくお兄さんに世話になったが独立しなくてはと思い、勤めはじめたところ、と言ったような気がするけれども、たしかではない。

いま、斎藤くんはどうしているかな。たまに、思い出す。

大きな字で書くと

昔は、小さな字で書いていた。原稿用紙も小さかった。たしかTSという会社の原稿用紙で、B6判の大きさが四〇〇字詰めになっている。その原稿用紙に、ハサミと自分の専用ノリと専用ペンで書く。

三枚横に並べると見晴らしがよい。そのうえ、小さいので、切り貼りに便利だ。ノリはドイツ製のもので、十分に強力でないので、剝がすのに都合がよい。ペンはカナダのドラッグストアで売っている廉価なペン。軸は水色。使っているうちに、どんどん書きやすくなり、最後はインクが出過ぎて手に負えなくなる。そのちょうど「妙齢」の「婚期」を迎える時期まで「育てた」ペンを、幾本か用意しておき、原稿の執筆で悪路にかかり、調子が悪くなると、それに変える。書きやすいので、気分が上向き、悪路を乗り切るのを助けられた。

大学を出て、気持ちが世の中に背を向いている時期に書いた文字は、その小さな原稿用紙に書かれるうえ、さらに小さかった。活字にしてもらう原稿を書き出した最初の頃、二十代なかば、ちょっと信じてもらえそうにないが、ゲラが出てみたら、みんな小さな活字になっていた(といわれた)。それを全部、ふつうの大きさに組み直したのだと、あとで担当の編集者に教えられた(というか、注意された)。

しかし、パソコンが出てきたあたりで、このB6判のTS原稿用紙が文房具屋から姿を消していく。そしていつしか、私自身がパソコン使用者に移行し、その原稿用紙を用いなくなった。だが、パソコンを使うようになってからも、使用する文字は小さいまま。だいたいが10・5ポイントから10ポイント。それを小さく表示し、縦書きでモニターに映して使っていた。

とはいえ、その私も、もっとずっと昔は、大きな字で書いていた。小学校の頃である。鉛筆だったろう。

私は何年も文芸評論を書いてきた。そうでないばあいも、だいたいは、書いたのは、メンドーなことがら、こみいった問題をめぐるものが多い。そのほうがよいと思って書いてきたのではない。だんだん、鍋の料理が煮詰まってくるように、意味が濃くなってきたのである。

それが、字が小さいことと、関係があった気がする。

簡単に一つのことだけ書く文章とはどういうものだったか。それを私は思い出そうとしている。

私は誰か。何が、その問いの答えなのか。

大きな字で書いてみると、何が書けるか。

井波律子さんと桑原『論語』

この年(二〇一六年)の暮れから年初にかけて、部屋で書類の整理のため埃にまみれる生活をした。そのおかげで、桑原武夫評注の『論語』(ちくま文庫)を発見した。きっかけは、井波律子さん。埃のなかから、この人が、若い頃見た映画『明日に向かって撃て』について新聞に書いた文章の切り抜きが出てきた。読んだら、悲劇的な展開がユーモアをこめて描かれていることへの共感が記されている。その書き方に、心をひかれた。

そういえばと、この未知の人をゲストに、鶴見俊輔さん、室謙二さん、黒川創さんらが桑原武夫の『論語』を一緒に読んだ記録(『セミナーシリーズ 井波律子『論語』を、いま読む』編集グループSURE)があったのを思い出し、本棚から取り出して、埃のなかで読んだら、談論者たちが桑原を、桑原が孔子を語るその仕方に、ぎゅっと心をつかまれた。

たとえば、子罕第九、「達巷党の人曰わく、大なるかな孔子、博く学びて而も名を成す所無しと。子之れを聞いて、門弟子に謂いて曰わく、吾れ何をか執らん。御を執らん乎。射を執らん乎。吾れ御を執らん」。これの桑原の評釈。

孔子は、大変な博学だったが、専門家づらをしたことがない。そこをほめた知己の言に孔子は気が和んだのであろう、側近の弟子たちにややユーモラスにいったのである。

それじゃ、私は何を専門にすればいいのかな。御者になろうか、射手になろうか。私は御者がいいな。

『論語』のやりとりに、ユーモア、軽口、を見てとり、あるいは見てとりたいと願い、これまでのしかつめらしい解釈の肩こりをほぐそうとしている。孔子学団の師と弟子の関係に、自由な機微のやりとりを見ようとする。そこに、何より中国史家である父桑原隲蔵《じつぞう》のもと、儒教的なものを「粉雪のように」浴びながらこれに反逆して生きてきた桑原武夫の、新たな「古典」にこと寄せての、自分の思想の「言い直し」があるとする。鶴見は桑原がここにいるようだと洩らす。

この本は一九六五年に「中国詩文選」が企画されたとき、その一冊として用意された。桑原は、専門外を理由に固辞したあげく、最後、編者吉川幸次郎の推薦する若手の研究者をつけてもらうことを条件に執筆を引き受ける。彼の前に現れた通いのチューターが、このとき二十代の井波律子。

四〇年後、桑原『論語』を再読する談論の場に「ショート・ボブの髪型に黒の革ジャケット、きりっとしたパンツ・スタイルで」現れた彼女は、煙草をたやさない。なぜ吉川に推薦されたのかと鶴見に尋ねられると「わーかりません」と煙に巻く。

森本さん

学生の頃、全共闘だった。大学解体を叫んだ口である。だから、のちに図書館作りで国会図書館から派遣されたカナダの大学で、多田道太郎さんと出会い、それを機に帰国後、大学へと声をかけられたときには自問自答があった。なぜ「解体」を叫んだ者が大学に行くのか。家族にも反対されたが、自分のなかの悪魔の囁きに負けて、私は教師になった。

はじめに出席した厳格な教授会の議事進行(学部長はもと東大法学部の福田歓一さん)に衝撃を受け、外国人教師に不利な研究室の割り振りがさりげなく進むなりゆきに、持ち前のKYのままに「おかしい」と、異を唱えると、教授会の終わり、「加藤助教授はものを書いておられるので適任でしょう」と以後、一年間の「書記」役を指名された。

一種の懲罰人事なのだが、その書記役には一人、すでに先住者がおり、それが私の最初の教師の友人となる森本さんだった。森本さんはアフリカの専門家。国連での経験が豊か。いかにも大学の組織にフィットするタイプではない。

最初に、ある不当な処遇を受けたあと、最後まで、助教授、教授にならなかった。それが、二〇年以上続いた。会うといつもにこにこ笑いかける。時季外れの、ユニークな、明治学院大学国際学部に働く「書記官バートルビ」であった。

こんなことがあった。一度、なぜかわからないが、一年生のときにこの人のゼミで学んだ学生たちが大挙して私の上級ゼミに入ってきた。それまでのやり方通り、ゼミの後半、私が学生の討議に介入し、自分の感想を言いはじめると、彼らが発言をさえぎる。「先生、ゼミですから」。「僕らにやらせてください」。訊くと、一年生のゼミで森本さんはすべてを学生にまかせた。で、主題は「何をこのゼミで論じるか」。この一年生ゼミは結局、夏休み中も何回か行われ、それにも毎回、森本さんは来たという。終わると皆で食事をし、飲酒したという。結局、知らないうちに「野生児」に育っていた彼らの手で、教師主導の私のゼミは見る影もなく「解体」されてしまった。

こんなこともあった。森本さんと二人一組で推薦入学者の面接を行った。なぜこの学部を選んだか？　付属校からきた高校生が、用意してきた「志望理由」を次から次におぼつかない口調で唱えはじめる。と、森本さんがさえぎる。「はいはい。わかった。じゃあ今度は君が僕に質問してください。何でもいい。一生懸命答えます」。高校生たちは絶句、フリーズ。聞いていたら、最後には私が彼に質問したくなった。アフリカとはどういう社会なの？　私は激しい好奇心につかまれていた。

日本という国はオソロシイ

車で道を走っているとときどき、旗を振っている人がいる。クマさんのぬいぐるみを着て振っている人もいる。少し前まではガソリンスタンドの前。いまは、焼き肉屋のチェーン店とか、タイヤ専門店の前。

手の空いている店員を「休ませる」と、ソンをすると考える店主がいるのだろうか。管理職の名目で店員以上に働かされているブラック企業の店長が、さらに少しでも自分の成績をあげようと、考え出したのかな。

店員が働く。ようやく少し暇になる。そして「休む」。それを「働く時間の空白」、ムダ、と感じる感性がないと、こういうことは起こらないという気がする。

そんなことを思いながら、はあ、と息をつく。

こういうことが、日本以外であるのだろうか。

日本といろんな点で似ているといわれる韓国にも、頑張り屋さんが多いという。韓国でなら、あるのかな。

しかし、これは氷山の一角である。

私が最初に住んだ外国は、一九八〇年前後のカナダ、次に、一九九〇年代のフランス、最後が二〇〇〇年代のデンマーク、そして米国。期間はそれぞれ、半年から三年くらいまでだが、そのうちヨーロッパの二国では、スーパーマーケットで、従業員はレジで腰を下ろしていた。

そのほうが楽だからだ。

でも日本で、そのようなスーパーマーケットを見たことがない。みんな立っている。そして立っているのでないと、対処できないような仕事が、沢山そこに付随していたりする。

最高傑作というか、スイスのアーミーナイフでいえば一五種類くらいの機能を一個でこなす最大級の強力店員の筆頭は、何と言っても日本の「コンビニの店員」さんだ。去年(二〇一六年)、芥川賞を取った村田沙耶香さんの『コンビニ人間』という小説を、この関心に促されて、読んでみた。

まず朝礼があり、「レジ打ち」そして「声かけ」。店内の掃除、物品の搬入、「品だし」、発注、伝票管理。ほかに、出てこないが、おでんの用意、宅急便の受付けから、各種払込みの対応だってある。

江戸時代、こんなことってあったのだろうか。

ないとしたら、いつからこんなふうになったのか。

日本という国はオソロシイと、あの旗振り人を見て——誰かその意味がわかったら——、外国人の観光客は、思うでしょう。

船曳くん

この人は、現在、東京大学名誉教授の船曳建夫さんで、私は、少し知っているくらい。親しい仲でもないのだが、私のなかで、「船曳くん」と、ひそかに畏敬と、親愛の念をもって呼ばれている。

まったく無縁というわけではない。ほぼ同年の大学への入学で、六〇年代後半、同じく、仏文学の平井啓之先生と親しかった。残るもう一つの共通項が、全共闘運動である。

私も関わったこの「運動」での問題は、個人的には、ストライキ実行委員会が決定、発動した「無期限スト」がいつまでも解除にならないことであった。ストはいつからはじまったのだったろう。一九六八年の初夏くらいかな。

それまでに私は自主休学を決めて、新学期から大阪にいた。そこで肉体労働をしている友人のところに転がり込み、部屋住みをはじめていたのだが、ストライキの決議のためもあり(それだけではない、むろん)、迎えが来て、呼び戻された。

困ったことに、六九年の安田講堂攻防戦が終わり、運動が下火になってからも、この無期限ストが、終わらない。一年たっても、二年たっても終わらない。私は結局、授業再開後も、大学には足を向けられず、一度など、本郷の校門の近くまで行ったものの、胃がきりきりと痛み、うずくまってしまい、吉祥寺のアパートに取って返したこともある。卒業論文の指導教員を決めよという学部長からのハガキが何度か舞い込んだのに、それにも応じられず、結局指導教員なしで「論文」(?)を書いた。きわめて暗い人であった。

だから、一回り以上も若い小熊英二さんがその著『1968――若者たちの叛乱とその背景』(新曜社、二〇〇九年)に船曳建夫がどのように「運動」から離れたかを記したのを読んだときには、すごい、と心の底から畏敬した。

それによると、船曳くんは、全共闘というのは自由参加の組織体だが、このままいけば「テロ」のセンターになるか「政党」になるしかないと考えた。そのいずれも、自分の考えとなじまない。そこである日、「クラスのストライキ委員会の解散宣言を出し」、「一人で「戦線離脱宣言」というのを百部刷って駒場の正門で配」った。そうやってその後、「山中湖にみんなで遊びに行っ」たのだという。

私はといえば、誰かが無期限ストの終結宣言をやるのを待っていた。それがないのでなかなか、いつまでも大学に足を向けられなかった。永続戦争下の、日本国民みたいに。そういうことになる。はじめたものは、自ら終えること。終わりは、明るければ明るいほどよい。船曳くんの教えである。

父　その1

共謀罪というものがいま国会で審議され、一強の自民党主導で通ろうとしている。この原稿が活字になる頃には、国会をどのような形でか通過しているかもしれない。

この法律は、一名、現在版の治安維持法である。そう聞くと私のなかにびくりと反応するものがある。一九二五(大正一四)年に治安維持法が成立したあと、三年して、それまで内務省警保局保安課の直接指揮のもと、一道三府七県だけに設置されていた特別高等警察、略称「特高」が、全国一律、未設置県にも設置されるようになる。国の監視の目が、これまであまり関係の深くなかった地方の津々浦々にまで及ぶことになった。

数年前に死んだ私の父は山形県の警察官をノン・キャリア組として勤め上げた人だが、一九一六(大正五)年の生まれで、生家である米沢の織物工場が世界恐慌のあおりで倒産したのを受け、修学を中退。その後、二十代のはじめに山形県巡査となっている。二・二六事件の翌年、一九三七(昭和一二)年のことで、「特高」は彼の就職した山形県警察部にすでに設置されていた。彼は、一九四三(昭和一八)年一〇月、この県の「特高課の特命を受け」て、山形県の西南部、山深い小国《おぐに》の警察署に「特高主任として赴任」する。二六歳のときのことである。小国の山奥で基督教の教えに基づき、基督教独立学園を開いてその地の住民・子女の教育にあたっていた孤高の無教会派のキリスト者、鈴木弼美《すけよし》の反国家的言動を内偵し、証拠を摑んだのち、検挙することが目的だった。

詳しいことは知らない。本人とこのことについて、私はじつは何度か、話し合っている。最初の頃は鈴木氏がまだ存命であり、私は、この人が存命のうちに、一度行って謝れ、と彼に求めた。そのことをめぐり、つねに話は決裂、最後は怒号が行き交った。それゆえ、ここにこれだけ冷静な、間違いのない数字をあげることができるのは、他の人の調査による。父の名前は、加藤光男。その名が、『世界』の二〇一二年九月号に掲載された田中伸尚氏による労作、「未完の戦時下抵抗」第八回に「告白」した「元特高」として、出てくる。

その一文を読んで、私の感じたことはのちに記す。そこに示された事実には、驚きはなかった。私が彼の戦前のこの事実を知ったのは、一九七九年の初夏、カナダでのことだ。図書館員として、自分で選書した『内村鑑三の末裔たち』(朝日選書、一九七六年)なる書物を、勤務するカナダの大学の研究図書室で読んでいて、あ、ここに書かれているのは、父だ、と閃いた。以後、この事実と私とのつきあいが、現在まで続く。

父　その2

私が読んだのは稲垣真美氏の書いた『内村鑑三の末裔たち』という本である。一九七六年刊。そこに、内村鑑三に感化を受け、山形県の山奥に基督教独立学園という学校を創設し、キリストの教えを広めた鈴木弼美が出てくる。

鈴木は、山梨県の八〇〇年続く甲斐絹問屋に生まれ、東京に育つ。名古屋の八高をへて一九二〇(大正九)年東京帝大の物理学科に入り、助手となるが、内村の教えにふれ、無教会キリスト者として生きることを選び、山梨の自家の財産を山形に移して地所を買い、学校を開設する。冬の積雪は四メートルを超える。当初の艱難辛苦には言葉に尽くせぬものがあったはずである。

鈴木は大学卒業後、短期入隊を行い、将校となっており、幾度かの応召ののち、一九四三(昭和一八)年九月に最後の除隊となる。当時、戦地の実情、真実を口外せぬよう、帰還軍人の動静を特高が調べていた。ほどなく彼のもとにやってきた特高について、鈴木は、聞き手の稲垣にこう語っている。

「ところが、私のところへきた特高は、私の友人にキリスト教の信仰の指導を受けた、などといいましたから、ほんとうに信仰をもっているなら、ほんとうのことをいってやらねば気の毒だと思い、日本は負けますよ、とそういったんです。すると、特高は青い顔をして帰りました」。

鈴木は、こうした言動をもとに反戦・反時局的を理由に治安維持法違反として一九四四年六月に逮捕、山形署地下監房に収監され、翌四五年二月まで八ヵ月間、特高課員、検事の取り調べを受ける。スパイとの偽の噂もばらまかれた。

私の家には本が溢れていた。日本共産党の機関誌『前衛』各号から河合栄治郎、河上肇まで。文芸誌の『文學界』も定期購読されていた。私が生まれる前、両親が小国に住んだことのあること、父の私淑したもと上司で結婚の仲人もした人物(長岡万次郎)は、母の遠縁にあたり、山形の歌人、結城哀草果に近く、戦前、警察内にあって内村鑑三関連の聖書研究会などを行った人格者として知られていた。そんなことが頭に浮かび、私の目は、この頁に釘付けになった。

内村鑑三の「研究会」を検挙目的にちゃっかりと「活用」し、相手をダマすような気の利いた特高など、この時期、山形のような素朴な田舎に、そうそう、いるものではない。

数ヵ月後、カナダにやってきた父と、ナイヤガラに向かう列車内で、たまたま二人きりになった際、私は彼に、この話を切り出した。

父　その3

私の問いに、父は、驚いたことだろう。しかし私も驚いていたのではないか。私の記憶に残っているのは、憲兵に捕まっていればもっと大変なことになる、そう思い、自分(たち)は鈴木弼美さんを特高警察のほうで捕まえようとしたのだ、という、自己弁護めいたことばだった。聞いて、私はカッとした。一九七九年のこと。列車はモントリオールからトロントに向かっていた。

田中伸尚氏が二〇一二年九月に書いた文章には、父が、この逮捕から「半世紀以上下った」ある日、あるパーティの席で鈴木弼美を崇敬する有力な山形の建築家の前に歩みを進め、「体を屈めて、ぼそぼそっと」述べた「告白」のことばの一端が記されている。曰く、「いつか申し上げねばと思いながら、今日まで言いそびれてきました」、「今日」「お会いできたので、勇気をもってお話ししておきたいことがあります」、「実は、独立学園の創立者の鈴木弼美先生を逮捕したのは私なんです」。

そこには「私は、もう八〇を過ぎてしまいました」ということばもある。ときは一九九七年一月。この日時が私をたちどまらせる。

その半年ほど前、当時滞在していたパリに母とともに訪れていた父と、私はまたしてもこのことをめぐって大喧嘩をした。一九九六年夏。鈴木氏は数年前に他界されていた。私は、前年暮れの「敗戦後論」に続き、「戦後後論」と題する論考を日本に送ったところ。今度はパリの自宅。家族全員衆人環視のなか。息子と娘が見るに見かね、あんまりじいさんをいじめるナ、と声を上げたので、私は孤立し、黙った。およそ半年して、私はその後、単行本『敗戦後論』に入る「語り口の問題」という論考を雑誌に発表するが、ちょうどその頃、彼は「元特高」として鈴木弼美氏の逮捕を「告白」していた。

家族の誰一人、この「告白」のことは知らなかったのではないか。私が知ったのは一〇年後、二〇〇七年のことで、大学の授業を聴講に来ていた国会図書館のもと同僚が言いにくそうに教えてくれた。福音書の読書会を主宰しているもと国会図書館の高位にあった人物がいまは伝道者となっており、基督教独立学園と関係が深い。その人から聞いたことだと、彼女は言った。私は何かを感じた。すぐにその人に手紙を書き、お宅を訪れ、鈴木弼美氏の娘たる人を紹介してもらい、その年の夏、小国に向かった。

父　その4

鈴木弼美氏の娘さんである今野和子氏と夫君の今野利介氏は、学園敷地内のお宅で丁寧に私を迎えてくださった。お話を伺い、近くの山の上にある「一本松の納骨堂」に案内していただき、酷暑の緑のなか、鈴木弼美氏の墓前に頭を下げた。帰途、古くからの温泉郷にある旅館に一人で宿を取った。

この日の訪問は、私には大きな意味があった。一つは、自分でやるだけのことはしたと思うことができたこと。もう一つは、車で小国のさらに山奥の叶水《かのみず》という地区まで来てみたら、雪深い冬、何キロもの雪道を「内偵」すべくここまで何度も徒歩で通ったのだろう、半世紀以上前の二十代の「特高」の姿が、浮かんできたこと。

私たちは、奇怪な親子であって、父は死ぬまで自分が行った「告白」のことを私に言わなかったし、私も父の果たさなかった「墓参」を代わりに行ったことを話さなかった。

さて、田中仲尚氏は、先の連載に、父の告白にある「憲兵隊ではなく特高警察による逮捕のほうが安全であるかのような語り」について、当時の「特高警察の暴虐性」に照らし、「首を傾げる」と書いておられる。そこに「言い訳や正当化が滲んでいる」ことは、私も同感だが、当時の「山形県の警察」が「憲兵隊と仲が悪」く、衝突を繰り返していたのは事実のようである。戦前の内務官僚のエリートで一九四五年五月、山形県警察に特高課長として派遣される堀田政孝氏(元衆議院議員)は、その自伝に、赴任の目的として、「野戦憲兵隊の主計」の経歴をもつ自分に、両者の「関係」調整が期待されていた、と述べている(『激動期に生きる』堀田政孝遺稿集刊行委員会、一九七二年)。また、「内村鑑三研究会」を組織した父の上司にして遠縁の長岡万次郎は、戦前、問題視されていた矢内原忠雄を山形に呼び、特高課警部補でありながら公然とその講演の司会をするような端倪すべからざる人物だった。戦後刊行された『矢内原忠雄先生と山形』(山形聖書研究会、一九六二年)なる本には鈴木弼美と並び、その長岡も、思い出を執筆している。その下僚である父にあったのは、たぶん、そのような世界への憧れだった。

父はあまりテレビを見なかった。夕食後はほぼ書斎にこもった。二〇一五年、父の死の翌年、私は山形に住む兄に頼み、父が「告白」した相手の建築家、本間利雄氏にそのおりの話を伺った。聞いているうちに、本間氏に話しかけたとき、父は足が震えていたに違いない、と感じた。息子に責められ、気の毒な人生を過ごしたといえるが、自業自得とはいえ、治安維持法がなければ彼の人生は違っていた。私の人生は、どうだったろう。

父　番外

二〇一五年七月に死んだ父の書類箱から「鈴木弼美(小国)関係」という書類一葉が出てきた。検挙報告か。いくつかの理由から戦後、原本をもとに転写したものと推定できるが、いつ転写されたか、背景の事情は明らかでない。

治安維持法違反
　本籍　山梨県北都留郡七保村
　住所　西置賜郡津川村大字叶水
基督教独立学校伝導《ママ》師米沢高等工業学校(山形大学工学部)講師
航空兵大尉　鈴木弼美
　　　明治三二年一二月二八日生

右　鈴木弼美は、八高(熊本《ママ》大学)を経て、東京帝国大学理学部物理学科を卒業、在校中より私淑していた基督教独立教派(無協会《ママ》主義)の内村鑑三から、宗教としては未開拓地である小国郷における伝導《ママ》を勧誘され、在学中に休暇を利用して小国に伝導《ママ》のため来小した。

その後、昭和九年六月から妻ひろ(明治四一年五月七日生)、長女和子(昭和八年一二月五日生)を住所地に呼び寄せ、基督教独立学校を開いて伝導《ママ》を行った。昭和一二年應召し、同一六年一月解除となり、米沢高工に数学物理の講師として勤務。

昭和一六年七月再度應召、同一八年九月解除となり、前回同様米沢高工(山形大学工学部)に講師として通勤の傍ら伝導《ママ》を行っていた鈴木は、村において「日本は此の戦争の出発に於いて間違つている、悪い事をしているからそれを善くしようとしている。悪いものは勝利を得ることが出来ない、神は決して味方しない」等と反戦的・反国家的言辞を弄し、キリスト教独立教伝導《ママ》の美名のもとに、敗戦思想を伝播し、同志の獲得に狂奔したもので、その同志と認められる《ママ》。

本籍・住所　西置賜郡津川村大字叶水職業農業

渡部彌一郎

当年　五一歳

と共に治安維持法被疑者として、二川検事の勾留状に依り、〔昭和十九年〕五月二二日、特高課　原田警部・菊地警部補・近野部長の応援を得て検挙した。

全体はタイプ印刷の縦書き。「伝導」は「伝道」、「熊本」は「名古屋」、「協会」は「教会」の誤り。「来小」は小国来訪の意味。「米沢高工」が「山形大学工学部」となるのは戦後であることからこの転写が戦後のものであることがわかる。一方、末尾の「昭和十九年」は父とは別の手による加筆。

保管されていたのはこの一枚だけだった。

多田謡子さん

この人は、私に大学の教師になるきっかけを与えてくれた多田道太郎さんの娘さんだが、お会いしたことはない。一人娘。そのまま読むと、漂う子。大学を出ると、弁護士になり、一九八六年には多く新左翼の活動家たちなど、当時引き受け手の少ない被告の弁護に関わっていた。

カナダで多田さんと一緒にいたとき、日本から電話が入り、受話器を置いた多田さんが、娘が司法試験にうかったて、と呟き、それから一瞬、若やいだ顔になった。あ、多田さんもこんなに開けっ放しに喜ぶのか、と意外に思ったのが、謡子さんの存在を知ったはじめだったが、それから五年後、弁護の仕事の過労が引き金になって(なのだろう)、急性肺炎で数日入院の後、急逝した。行年二九歳。死後に編まれた本、『私の敵が見えてきた』を読むと、いま国会議員の福島瑞穂さんなどとも一緒に活動していたことが、福島さんの寄せた短文からわかる。福島さんよりも二つ若い。

多田という人が筋金入りにリベラルな人間だ、とわかったのは、謡子さんのお葬式でのことだ。謡子さんは亡くなったとき、結婚相手の男性と別居して別の男性とともに生活しており、彼女の入院に付き添ったのも、中学時代からの知り合いのこの男性だった。多田さんは、葬儀の寺で、多田さんの控えの間になっている一室に彼を伴って現れると、皆さんに紹介します。＊くんや。彼がいてくれたので謡子は最後の数ヵ月間、幸せに暮らしました。ありがとう、と言って、ぺこりとこの若い人に向かって頭を下げた。

逆縁だからと知恵子夫人とともに火葬には行かず、その後、この若い人と同じ労働組合の仲間たちが待つ飲み屋さんの席に顔を出した。私もそこにおつきあいした。やがてそこを出ると、もう一つ、行かなあかん、つきあって、と言われ、東中野の駅で降りた。

改札の向こうにラフな格好をした背の高い男性が立っている。多田さんに紹介され、駅の近くの養老乃瀧に行った。多田さんが心を許す友人、藤田省三さん。藤田さんは、酒を飲み、ぽつりと戦争で亡くなった弟さんのことを口にした。

私は、まだ四〇にもなっていなかった(三八歳だった)。何も言うことはなく、ただ黙って二人の話を聞いて、自分も少し、お酒を飲んだ。人生で子供に先立たれるくらい、悲惨なことはないナ、と脇で酒を飲みながら、考えた。のちに、自分も同じ目に遭ったとき、しきりと、多田さんに会いたい、と思ったが、彼はもう亡くなっており、いなかった。

橋本治という人

橋本治さんは、いま、ある賞の選考委員会で年に一度お会いする仲だが、私のなかでやはりひときわ独自の位置を占める。偉い人である。

学生の頃、「とめてくれるなおっかさん　背中のいちょうが泣いている」という大学祭ポスターが有名になり、私もこの人の名前を知ったが、どうも本当にすばらしい人らしいと思うようになったのは、一九八〇年代の終わり近く、私の最初の本『アメリカの影』を出してくれた河出書房新社の編集者小池信雄さんから、誰もいない日曜日の出版社のなかで、彼は天才だと思うんだ、とその頃、まだ十分に世に認められていなかったこの人の超大型の詩らしき本を示され、それから、いまはこういう本を作っているんだよ、と編み物の本を見せられたときのことである。

題は『男の編み物、橋本治の手トリ足トリ』で、山口百恵の顔や浮世絵の役者絵やらを異様に微細に編み込んだセーターが、その編み方のレシピ(?)ごとに紹介されていた。婦人雑誌の付録みたいな、大ぶりの薄っぺらい本だった。

「彼はこういうことに時間をかけているんだよ」

と、小池さんが言った。

もう一つある。

二〇〇〇年代に入ってから、仕事で福岡に行き、夜、学生時代からの友人有馬学くんと久しぶりにお酒を飲んだ。有馬くんはそこで博物館の館長をしている。その彼が、こんな話をした。

新宿騒乱事件(一九六八年)のあった翌年の一〇月二一日、国際反戦デーの日、新宿をヘルメットをかぶってノンセクトの仲間と移動中のこと。道路の向こう側、映画館の新宿文化の前に一人、開場を待って階段か何かに腰を下ろす若い男がいる。橋本治だった。こんなときに何だろう、と思って見ていたら、向こうもこちらを見て、にやにや。「ああ、やってるのね」という感じだったろう。もちろん、周囲には誰もいない。

「騒乱罪適用確実という雰囲気だったからさ。アートシアターで何をやっていたのかなあ、あの日」

話を聞いていて、咄嗟に浮かんだのは、「紅旗征戎吾が事に非ず」という約八〇〇年前の藤原定家の日記のことば。定家もそのとき、一九歳くらいだった。

その後、このときのことを尋ねたことがある。私の偉人は、

ああ、そんなことあったかも、

と眠そうに答えた。

青山 毅

ついこのあいだ、熊本に行ったおりに覗いた古本屋の店先の書箱に、その本はあった。値段は三〇〇円。

書誌学者、青山毅の『総てが蒐書に始まる』(青英社、一九八五年)。帯に「本《ブック》の果て通《エンド》信」とあり、自ら主宰する「ブックエンド通信」に掲載した小文を集める。一九八五年刊。一九四〇年生まれの青山さんが一番元気だった頃の本である。

私はこの人に恩義がある。

私がいわゆる商業雑誌に書いて最初に原稿料を「稼いだ」のは、一九七〇年の一一月に書いた文章によってである。執筆の途中に三島由紀夫が自裁した。二二歳。大学の四年目。雑誌は『現代の眼』。特集は「現代の〈危険思想〉とは何か」。タイトルは「最大不幸者に向かう幻視」。いまならありえない特集、タイトルで、私はそこにドストエフスキーと中原中也について書いた。

原稿依頼に現れた編集者は、現在ヘーゲル学者の竹村喜一郎さん。青山さんは竹村さんの友人だった。お二人に新宿界隈の文壇バーや怪しげな場所に案内され、あるとき、終電に遅れた際には、青山さんの住む下町の高層の都営住宅にお邪魔した。その住まいは瀟洒で、本に埋もれていた。

その朝、五階か六階の住居の窓から見た墨田区の薄青い空が私のなかでは、カミュの『異邦人』のなかのアルジェの夕暮れの青い空と重なっている。

ある日、こういうものがある、と青山さんが見せてくれた。当時、吉本隆明が個人で発行していた雑誌『試行』の巻頭の呼び物、「情況への発言」のゲラ刷り。その欄は吉本さんが誰彼かまわず名指しで批判し、罵倒することで知られていた。見ると、ゲラに手の入る前の元の文はきわめて精緻、かつ丁寧。それが、ふつうとは逆に「だからこのバカな学者は」とか「サギ新聞」とか「馬鹿野郎!」とか、乱暴な方向に手を加えられている。青山さんは校正の仕事もしていた。私が見終わると、にやりと笑い、大事そうにそのゲラを袋にしまった。

ときは一九七一年。次の年、時代も私の境遇も大きく変わり、私とお二人との交渉は途絶える。その後、私が、お二人の思い描いた書き手に成長できなかったことは、残念だが、彼らが、私に物書きの世界の何たるかを手ほどきしてくれた。トリュフォーの近未来映画『華氏451』に、焚書に抗し、本を暗記して後世に残す人々が登場する。その画面は私にこの人を思い出させる。記録によると、私の恩人、書誌学の人、青山毅は、一九九四年に亡くなっている。

中原中也　その1

私がいわゆる商業雑誌に書いて最初に原稿料をもらったのは、前回にふれた通り、『現代の眼』一九七一年一月号の特集「現代の〈危険思想〉とは何か」に寄稿した「最大不幸者に向かう幻視」というタイトルの文章である。書いたのは一九七〇年の一一月で、執筆の途中に飛び込んできた三島由紀夫自裁のラジオの報道を聞きながら、歯を食いしばって書いた。その原稿を渡して二日後、編集者のTさんが大きなみかんの袋を携えてやってきて、すまん、原稿をなくしてしまった、と頭を下げられた。むろん、当時、コピーなどというものは身近にない。薄氷を踏むような気持ちで原稿を復元、再現し、お渡ししたが、はじめての締め切りのある原稿の苦しさを、たっぷりと味わわせてもらった。

大学はストライキ中だった。全国を席巻した全共闘運動がようやく下火になりかかろうとしていた。

この原稿を、いまもう一度読み返す勇気はない。しかしむげに否定すまいという気持ちが私のなかにある。否定しては誰かにあいすまない。その誰かとは、二十代を迎えた頃の私自身である。

その文章は、ドストエフスキーの『悪霊』の主人公、スタヴローギンと、日本の詩人、中原中也について書かれている。どんな内容か。リードには、「スタヴローギンを革命しえない一切の革命はスタヴローギンによって革命されざるを得ない」と勇ましい文句があげられている。いまの私の気分からはだいぶ距離がある。やれやれ、とでも呟きたいところだが、しかし、たしかにそういう文章を書いたのは私である。そして、なかに、中原中也の詩が引かれている。

ゴムマリといふものが、
幼稚園であるとはいへ
幼稚園の中にも亦
色んな童児があらう

金色の、虹の話や
蒼穹を歌う童児、
金色の虹の話や
蒼穹を、語る童児、

又、鼻たたれ、眼はトラホーム、
涙する、童児もあらう

（「修羅街輓歌」其の二、Ⅲ）

その少し前、文章が読めなくなる時期があった。そのとき、唯一、読めたのが中原中也の詩と小説と散文で、偶然目にしたこの詩が中原を読むきっかけとなった。この詩を中原が神経衰弱の極で書いたことをのちに私は知る。

その後、就職し、結婚した。もう有給休暇がなかったので結婚式の翌日も出勤し、同僚に気味悪がられた。一ヵ月後、病休と偽って数日の新婚旅行に行ったが行き先は、萩と津和野で、帰りには山口県湯田温泉の中原中也の生家に寄った。

中原中也　その2

前回述べた文章についてもう少しふれる。いま、手元にあるその掲載誌のよれよれになった目次を見ると、特集の執筆者として、次の名前が並んでいる。村上一郎、内村剛介、平岡正明、佐々木幹郎、倉橋健一、伊東守男、松下昇。私の名前は、同年代の詩人、佐々木幹郎のとなりにある。佐々木とともに、なかで最年少の書き手だった。私はこの文章を書いた直後、受けた大学院の試験に落ちる。その二ヵ月後にまた、同じ雑誌に寄稿を求められたが、今度の寄稿セクションのタイトルは「総括・全共闘運動」。運動は終わろうとしており、三人の書き手のうち、ほかの二人は、滝田修、最《さい》首《しゅ》悟、という名高い人たちだった。私はそこに「不安の遊牧」と題する、だいぶ「思いつめた」文章を書いている。

これらの執筆の経験にどんな意味があったかというと、その後、私はこの自分の書いた文章にたぶん一九七〇年代の末近くまで、拘束される。呪縛、と言ってもよいかも知れない。動きがとれなくなり、世の中との接点を見つけることができなくなり、宙に浮いた。

ストライキが終わらないので大学との関係を結ぶことができずに卒業論文に指導教員もつけなかった。たぶん「スタヴローギンを革命しえない一切の革命はスタヴローギンによって革命されざるを得ない」などと書いた人間が、大学の卒論の指導を受けるという図が、滑稽だと思えたのだろう。といって大学をやめるわけでもない。それまで準備してきたプルーストの卒論をぎりぎりで放棄してロートレアモンに変え、卒論とはいえないものを書いて提出した。

ロートレアモンはフランスの早世の詩人。すべてを否定する悪太郎的存在マルドロールを主人公に据えた詩編『マルドロールの歌』を書いた。すべてを否定する核に、対極的に羞恥というものが残る、それはどのように残るか、という手前勝手な主題の底に、相変わらず中原中也の詩「含羞《はじらい》」の「なにゆえに　こころかくは羞じらう」の詩句が、主観的に響いていた。しかし、飛躍がすぎる。論の骨格をなしていなかったろう。当時、提出さえすれば二〇枚の卒論でもＡ評価がくると言われたが、一〇〇枚書いて、私の評点はＢだった。

大学院には次の年も落ち、出版社にもすべて落ち、図書館に就職したあと、数年間、帰宅後、毎晩、中原中也について書いたが、その原稿は、一九七八年、図書館から派遣されてカナダに赴任した際、船荷がそれだけ到着せず、すべて紛失した。それで呪縛から解放され、私の七〇年代は終わる。

中原中也　その3

とはいえ、不思議なのは、私が一九六六年、六七年には、高度成長のさなかの新宿で、いっぱしのフーテン風俗のなかにいたことである。上京してほどなく、女友達に連れていかれた新宿の風月堂には不思議な匂いが立ちこめていた。やがてそれがマリファナの匂いであることを私は知る。六六年の夏は新宿の東口広場、ジャズ喫茶、二丁目のバー「ＤＡＤＡ」、「ＬＳＤ」などで夜を明かした。サイケデリックという言葉が行き交う夏、私はフランスの新文学などを読んでいた。

しかし、それが翌六七年一〇月八日の第一次羽田闘争の衝撃で、ガラリと変わる。それまで私は完全な非政治的人間だったのだが、自分と同年代の人間が死んだあと、さらに老エスペランチストが抗議の焼身自殺をはかったという報道に接し、たまらず、一一月、第二次羽田闘争というものに参加する。それが初のデモ参加で、次の年、全共闘運動がはじまり、さらに一年後、私は大学周辺の雑誌に文章を書くのだが、タイトルは「黙否する午前」。そこでの主題は、「自己否定」なのである。

当時、この言葉が闘争の現場に浸透していた。意味は、エリートとしての自分を否定する、というようなことだったろう。しかし、「新宿風月堂」周辺の「いい加減」なフーテン気分から、「思いつめた」自己否定へ。この落差を、私は、そして私の同時代人たちは、どう通過したのだったか。

それから何年もして、毎日新聞の「大学紛争」という回顧の欄に寄稿を求められた際、私はこんなことを書いている。あるとき、学内を練り歩くデモの隊列のなかで、「七項目要求、貫徹」とシュプレヒコールをしながら、七項目とは何だったかと数えてみたが、四つまでしか思い浮かばなかった。それで自分もずいぶんといい加減なやつだと思った。思えば私の学生運動にはつねにいい加減さがつきまとった、と。

ところが紙面の直前ゲラを見せられたら、一緒に載ったもう一人の回顧の主が当時、誰からも信頼された元日大全共闘の議長、秋田明大氏だった。彼は自動車整備のおやじをしており、その発言は傾聴に値する重みをもっていた。私は一瞬、赤面する自分を感じた。思わず、自分のゲラに手を入れようと心が動いた。しかし、自分の軽薄さを粉飾だけはすまいと、何とか文面に手を加えないよう、我慢した。

私の小さな経験に何ほどかの意味があるとすれば、自分の七〇年代になお六〇年代のいい加減さとその気分が、残り続けたことだろう。その接点に中原中也の詩がある。

ブロックさん

一九七一年、久しぶりに大学のキャンパスに足を踏みいれると、そこは見知らぬ場所のようだった。教室に顔を出すと、若く、元気そうな、知らない顔ばかりで、面食らった。

授業では、未知のフランス人の教師の講義を選んだ。名前は、ブロックさん。プルーストを専門にしているということと、温厚な物腰に惹かれたのだった。

二つ受けたうちの最初の講義は、教材がロラン・バルトの『神話作用』で、リポートの課題が、日本社会における「神話作用」の実例を取りあげて論じよ、だった。私は日本の文化風土における「軽井沢」を取りあげて、何かを書いた。

次の学期の授業は、仏作文の特殊講義で、七、八人の受講者に、それぞれ自分の好きな日本の短編の一部を訳させ、それについて語らせるというものだった。やがて自分の番が回ってきたので、私は、梶井基次郎のごく短い掌編「過古」を選び、同じ小説家の「檸檬」と比較して、そこに出てくる燐寸《マッチ》と列車について話した。

準備していて、自分が「檸檬」の冒頭を誤読していたことに気づいた。「檸檬」は、「えたいの知れない不吉な塊が私の心を始終圧へつけてゐた。」という一文からはじまる。そこの「塊」を、私はずうっと、「魂」と読んでいたのだった。

彼女の授業では忘れられないことがある。

学生の一人が、ちょうど一年のフランス留学から帰ってきたところだった。数回授業が進んだあと、その彼が手をあげ、日常会話もまともに話せないような学生に日本の文学を訳させ、それをたどたどしいフランス語で説明させるのは滑稽だ、もう少し、実際的なフランス語会話、作文からやったほうがいい、と発言した。

教室は一瞬静まったが、先生がおだやかに尋ね返した。では言ってご覧なさい、あなたの親しい友達が亡くなったとき、あなたはフランス語で何と挨拶しますか。

学生が答えに詰まると、そうでしょう。こういうときにどう話すか、というフランス語の言い方は存在しないのです。そういうとき、人は自分の思いを手本のない自分の言葉で話すしかない。ここは大学ですから、会話の授業はやりませんよ。

私は、もうだいぶフランス語から遠ざかっていた。卒論準備のためのプルーストの

『母への手紙』もうっちゃって久しかった。しかし、できればこのあとも、フランス語の近くにいたいとそのとき強く、思った。

寺田透先生

ほかに受けた授業では、一九六六年、大学一年のときに出席した二つの教室を思い出す。

そのうちの一つをここに記そう。

それは、仏文学者寺田透さんの授業で、講義名は忘れたが、一〇〇人は優に入る大きさの教室に、ぱらぱらと十数名の受講生が集まっていた。先生は、最初の授業でフロシキ包みを手に教室に現れた。話が絵と映画に及んだとき、「最近は活動というものを見ていませんが」といい、それから、一息おいて、「最近というのは先の戦争が終わってからですが」といった。これを聞いて、ああ、大学というところに来た、という気がした。これまで本を通じてしか接することのできなかった世界が、ここにある、と思ったのである。

寺田透の書くものは、読んでいた。そのころ雑誌に「ランボー着色版画集私解」が連載されていた。『着色版画集』は詩人の第二詩集で、「レ・ジルミナシオン」と読むが、これはランボオが都会にでてイルミネーション、つまりネオンサインを見たことの感激が背景にあるという指摘がそこにだったか、あって、私を驚かせていた。自分のなかのランボオと夜ごとの盛り場のイルミネーション(ネオンサイン)の結びつきに、面食らったのである。

寺田さんは、毎回、次は誰それの何という絵について扱うので見てくるようにと所蔵美術館を指示した。すべてが日本画だった。最初は国立の美術館だったので、上野まで足を延ばしたが、根津美術館のとき、渋谷で井の頭線から下車し、駅前広場に出たものの、方向がわからなくなり、途中で意気阻喪してあきらめ、そのまま授業から脱落した。学生はそのときまで五、六名に減っており、とても絵を見ずに授業に出る度胸はなく、授業に出なければ、来週の絵の指示に接することができない。復帰が難しかったのである。

あのとき、どうすればよかったのだろう、といまもときどき考える。そして、絶望的な気持ちになる。

ああ、これが大学だ、と私は思ったのだが、以後、この授業ほどの「学問」の迫力にお目にかかることはなかった。

その寺田さんは、一九六九年、私などが騒ぎまわっている頃、五四という年齢で、もう「文人」のいる場所がなくなったといって大学をやめた。個人的に口をきいていただいたことは結局一度もなかったが、ほんの一ヵ月ほど、この人の授業を受けられたことを、一場の夢のように思うことがある。

安岡章太郎さん

安岡章太郎さんの『僕の昭和史』という本の文庫解説(講談社文芸文庫)を引き受け、この数日間、読んでいるうち、ある時期、何度かこの人とお会いしたときのことが、甦ってきた。

一九九七年の八月に私は『敗戦後論』という本を出して、右の人からも左の人からも総スカンを食い、数年間、さみしい思いをした。そんなとき、この本を面白がり、雑誌の対談の相手、テレビの新春対談の相手にと私に声をかけてくれたのが、この人だった。

『僕の昭和史』の一番のヒットは、戦前から戦後の高度成長期までをすべて「僕」で通したことにある。そのために、これまで「戦後文学」の専売特許のようだった中国その他への過酷な従軍の体験が、戦前期の「悪い仲間」などの不良文学少年の物語と地続きの「僕」の物語として語られることになった。この本には大岡昇平『レイテ戦記』への言及があるが、それは、安岡さんの部隊が北満州の駐屯地からその後、フィリピンに転戦し、レイテ島で全滅しているからである(安岡さんは病臥していたので留め置かれて助かった)。野間宏の『真空地帯』への言及もあるが、それも、似たような古兵にいたぶられる話がそこに出てくることのつながりである。

ただ、それらが軟弱な不良少年のままの「僕」の語り口で語られる。するとそれだけで、新鮮な世界が私たちの前にひろがる。一九四〇年前後、安岡さんは、落第の連続。遊郭の近くに下宿し、「小さな別世界」を確保しようとしていた。その「別世界」が兵隊になってからは、やわな「僕」となって保たれるのである。

私は読んでいて、二つの本を思い出した。一つは、J・D・サリンジャーの『ライ麦畑でつかまえて』。もう一つは、プリーモ・レーヴィが収容所からの帰還を描いた『休戦』。共通点は、ともに書き手が一九年生まれで、二〇年生まれの安岡さんとほぼ同年だということ。また彼らが三人ともともとシティ・ボーイであること。そしてともにそこに型にとらわれない、戦争体験(収容所体験)と「笑い」の結合が、あること。

私の直観でいうと、三つとも、「僕」で書かれている。私の『敗戦後論』は「僕」を使っていない。でも小学校のガキの頃の小さなずるい集団的ごまかしに自分も与《くみ》したことへのわだかまりから書きはじめている。戦後を「僕君」の〝ため口〟で書いてやろう、というのが私のひそかな意図だった。安岡さんは、きっと、そのことに反応してくれたのである。

はじめての座談会

このあいだ、西部邁さんが亡くなった(二〇一八年)。十数年前、新宿の飲み屋で通りすがりに挨拶したのが最後になった。これで私がはじめて大きな新聞の座談会に参加したときの、私のほかの参加者たちは、みんなこの世からいなくなったことになる。

その座談会は、いまから三三年前に朝日新聞で行われたもので、「討論のひろば 論議呼ぶ『靖国』『日の丸』——戦後40年の今をどう見る」と題されている(一九八五年九月二八日)。参加者は、西部さん、私のほかに、劇作家の井上ひさしさんと『ウホッホ探検隊』の小説家、干刈あがたさん。このとき、井上さんは五〇歳、西部さんは四六歳、干刈さんは四二歳。私は一番若い三七歳だったが、いまの私から見ると、新聞社の司会の社会部長を含め、五人全員がずいぶんと若かった。

座談会では、最後に、司会から「戦争の体験や歴史の教訓を後の世代にどう継承していくべきか」という問いが出された。そのとき、最後にお鉢が回ってきた私の述べた、戦後には一度死んでもらいたい、そうでないと受け取れない、という発言が、乱暴、かつ意味不明のものと受け取られたため、座は大いに混乱した。

私は、当惑した司会者に真意を問われ、「一粒の麦もし地に落ちて死なずば、ただ一つにてあらん、死なば多くの実を結ぶべし」という聖書の言葉などを苦しまぎれに例にあげ、説明を試みたものの、むろんのこと、わかってもらえなかった。しかし、私にとってその戦後観は、譲れない一線だった。

数日後、新聞社から連絡があり、いま整理中だが、数行分空白にして待つので、社に来て自分でわかるように説明を書き入れてくれ、といわれ、社屋を再訪し、小さな会議室のテーブルで自分の発言を推敲した。いま見ると、別の個所に、「今、戦争体験は、どう伝えるかではなく、どう受けとるかということで問題になると思う。」などと何やらイタチの最後っ屁めいた、やはり不十分な説明を書き加えている。

座談会の終わったあと、なぜか二人だけになった場で、干刈さんと少しだけお話をした。話題が学生時代の「運動」に及び、私が、じつは父親が警官だったので捕まるわけにいかなかったんです、というと、干刈さんが、あ、私のところもそうなんです、といって私の顔を正面から見た。

千刈さんはそれから七年後、四九歳で亡くなる。井上さんの死去は八年前で、行年七五歳。半年前に亡くなったとき、西部さんは、七八歳だった。

カズイスチカ

先日、新聞を見ていたら、ある町医者の人の話が出ていた。異色の医師で、医療界の中枢にあり、「国立の医療機関で院長まで勤め上げた後、民間病院に一医師として赴任」、町の在宅医として、多くの患者に接してきたとある。先頃出版された『死を生きた人びと 訪問診療医と355人の患者』(みすず書房、二〇一八年)の著者、小堀鷗一郎さん。祖父は森鷗外だという。

記事は、その本の筆致について「名もなき人々の姿までを丹念に描いた」鷗外晩年の史伝(たとえば『渋江抽斎』『北条霞亭』)に通じ、医師人生の終盤に市井の人々の生と死を描いたところも祖父を思わせると記す。しかし、私はあるものを読んでいたおかげで、この人はむしろ、鷗外のお父さん、この人のひいおじいさんにつながるのでは、と感じた。

鶴見俊輔さんの遺著『敗北力』に、その話は出てくる。鷗外は二度の「細君」も

「お母さん」が決め、生涯の多くを「お母さん」のいいなりに生きた。お母さんは「あまり出世もしない」「自分の夫を馬鹿にして」いた。しかし「明治の末になって」、鷗外は自分の「親父のことを初めて自分の目で見る」。そして、それが転機となって晩年、新境地を開く。

転機を記す作品「カズイスチカ」を鶴見さんは「名品」と評する。この作品で、鷗外は「町医者として」堅実に仕事をし、「夏だったら庭に水を撒いて」「その後ゆっくり酒を飲」み、「なかなかいい暮し」をしている父を描く。主人公の花房医学士は、「それまで親父のことを大した奴じゃないと思っていた」、しかし、あるとき、熊沢蕃山を読むなか、「天下国家を事とするのも道を行うのであるが、平生顔を洗ったり髪を梳《くしけず》ったりするのも道を行うのである」と記されているのを知り、父の姿が有道者の面目に近いことに気づく。そういえば、蘭学出の父は独語を解さず最新医学に通じないが、患者の見立ては間違わない。鷗外は、このあと、少年時から理想としてきたヨーロッパ流を離れ、独自の風に転じる。

この鶴見さんの見方は、なぜ鷗外が晩年、史伝に転じたかという文学上の問いの答えとして、これまで例のない斬新なものだが、私には、彼自身の父親との関係が、鷗外に投影されていると見えるところが、心楽しい（「この時代と会う山本宣治」）。「カズイスチカ」というのは医学用語で、「臨床の記録」のこと。小堀さんの書いた本も、多くの在宅死を扱っている。往診の記録という意味では、「カズイスチカ」である。

久保卓也

このところ、九条関係の本の執筆に没頭してきた。未知の領域の文献渉猟の楽しみの一つに、これまで知らなかった人物にふれることがあるが、今回の発見は、一九七〇年代、防衛庁きっての理論家といわれた久保卓也という人だった。

久保がやった仕事の一つは、「平和時の防衛力」という考え方を編みだしたことである。自衛隊の戦力の「必要最小限」という解釈改憲上の概念に、はじめて理論的基礎づけを与えた。戦後初の「防衛計画の大綱」(一九七六年)は、久保のこの「基盤的防衛力」構想をえて策定にこぎつけるのだが、これは、私の目から見ると、防衛庁の内部から、はじめて憲法九条の平和主義に呼応し、これを支える防衛理論が現れたことを意味している。

それまで防衛庁の防衛力整備計画には上限がなかった。仮想敵のソ連の「脅威に対抗」することが基本で、これは「所要防衛力」構想と呼ばれた。しかしこれではきりがない。また軍事大国のソ連相手ではとうてい目標達成もおぼつかない。そう考え、久保は、「防衛力整備の考え方」「日米安保条約を見直す」など持論を論文にし、防衛庁内に頒布する。それは一名「KB個人論文」と呼ばれ、広く防衛庁内外に知られるようになる。

そこで彼はいう。現在日本にはプロバブルな(さしあたって予想されうる)軍事的脅威はない。しかし、ポシブルな(理論的に想定しうる)脅威は存在する。そういう平時的な状況では、国民の防衛意識、協力が大切で、攻撃への耐久持続力や補給に留意した「常備兵力」という考え方が基本となる。国防は、軍事的に考えるだけではダメ。国際政治の動向に即して国民の理解に支えられて構築されないといけない。

久保は、その後、ロッキード事件に関連し、田中内閣時に次期対潜哨戒機の国産化が白紙化されたのは防衛庁の与《あずか》り知らぬことと述べた発言の誤りが指摘され、防衛次官を更迭される。国防会議事務局長に転じると、九条の平和主義は「しない」が基礎だが「平和の創出のために」国外に向け何か「する」ことが大事と、「積極的平和主義」を提唱する。これは日米安保からの自立も視野に入れた主張で、その後の同名の主張とは異なる。一九八〇年、ガンで死去。五八歳。彼の最後の本『国防論――80年代、日本をどう守るか』（ＰＨＰ研究所、一九七九年）に加え、遺稿・追悼集も読んでみたが、予見力に満ち、公正な姿勢がすばらしい。リベラルというのは、こういう人をいうのだろう。こうした「対岸」に立つ人の考えを受けとめる力が、かくいう私を含め、護憲論には欠けていた。

森嶋通夫

今回、憲法九条をめぐる本を準備していて新しく知り、心に残った人がもう少しいる。その一人は、長くロンドン大学(LSE)で教えた経済学者の森嶋通夫である。

森嶋は、日本への帰国途中、飛行機内でサンケイ新聞にかねて知る社会思想史家の関嘉彦が「〝有事〟の対応策は当然」というエッセイを書いているのを読み、その軍事的国防論者ぶりにショックを受ける。一九七九年一月、その批判を北海道新聞に書き、関と論争となったことがきっかけで、その年の夏、舞台を『文藝春秋』に移し、「大論争 戦争と平和」という特別企画のもと、そこに、日本の国防には非武装中立しか道がない、その努力が潰《つい》えたばあいには一九四五年八月、米国に対してしたのと同様、侵略してきたソ連に白旗を掲げ、整然と降伏するにしくはない、との趣旨の長大で極端な非武装国防論を展開し、社会を驚かせる。

三年前には文化勲章も受章していた。名誉は受けないのが信条だが、年金が出ると知り、若手への奨学金にしようと受けることにしたらしい。「名士」の極論として大いに世を騒がせたが、そのときカナダにいた私は、これを読んでいなかった。

帰国してからも、読まなかった。憲法九条の平和主義を信奉する非武装中立論の学者による、時季を外れた狂い咲きの「丸腰」論のようなものだろうと思ったからだ。

それがまったく違っていた。

森嶋は一九二三年生まれ。学徒出陣組。敗戦時は海軍の暗号解読将校だった。その「新「新軍備計画論」」に言う。そもそも「日米安保条約では、アメリカに日本防衛の義務はない」。「その証拠に助けに来なかった場合の罰則はない」。したがって「ソ連のような核武装国を相手に」した「通常兵器による軍備案が、全く他人まかせの無責任な案であること」は、「誰の目にも明らかである」。では核武装はいまの日本に可能か。その場合、相手は米ソ両国と考えなければならない。日本の経済と社会はそれに耐えるか。耐えまい。ならば、欧州の国並みにGNPの四パーセント程度を国防にあて、それをすべて非軍事のソフト・ウェアの外交・国際文化交流・経済協力などの領域に投資し、日本を攻撃すると得にならないという非軍事的抑止力網を構築するにしくはない。

そこに憲法九条という言葉は出てこない。

つまり、その論は戦後初の、九条の平和主義に基づかない、九条ナシの平和論、非武装中立論だった。そういうものがありうることを、彼は戦後の日本社会に示していたのである。

秋野不矩さん

秋野不矩《ふく》さんは日本画家。文化勲章受章者で、私はお会いしたことはない。ただ、最近、この人の画業を集めた秋野不矩美術館開館二〇周年と、この人の生誕一一〇周年を記念する特別展の案内に付された文を読む機会があり、心をひかれた。

この人は後年、インドに魅入られて何度も、足を運ぶ。一度目は五四歳のときで、このときは一年間、滞在するが、二度目は九年後、六三歳のときで、このときは、数人の教え子の画家仲間と数ヵ月、滞在し、途中、第三次インド・パキスタン戦争にぶつかり、連絡がとだえたりもしている。その間、カイバル峠をこえて、荒道で山賊などに出会いながら、アフガニスタンのバーミアンにまで足を延ばしている。

家族の心配をよそに、年が明けて日焼けして元気な様子で帰国した直後、子息らに「もし、私が野たれ死んでも探しにこないでね、本望なんだから」と言った。詳しいことは知らないのだが、この人は六人の子供の母。同じ日本画家、沢宏靭《こうじん》とのあいだにこれらの子をなしたあとで、四十代の終わりに離婚している。

二度まで自家の火災に遭い、多くの絵を失っている。

若い頃、帝展初入選の翌年に、荒野を彷徨う『野良犬』という図を心をこめて描いたが、落選した。支援してくれた人々を落胆させたのではないかと思い、苦しんだ。もし入選していたら、「もっと自分の世界を追求してゆけただろう」、そのときは「失意の底に沈んだ」と書いている。

亡くなったのは、二〇〇一年の一〇月一一日。死の間際までインド方面への再訪を望んだらしく、長子の人が「今、どこに行きたい」と問うと、「バーミアン」と答えた。

「あの大仏は爆破されて、もういやはらへんよ」

と言ったら、

「その穴が見たい」

と述べたという。

とても大切なものが爆破されて消える。しかし、消えると、そのあったところが穴になって残る。バーミアンの大仏がタリバンによって爆破されたのは、二〇〇一年の三月のこと。もし、秋野さんがバーミアンを訪れたら、その穴を描いただろう。

案内に付された文「思い出すままに」の書き手は、秋野等さんである。京都のお寺の徳正寺の住職をされている。このお寺は、縁あって私の息子の菩提寺でもある。

私のこと　その1——バルバロイ

私は一九四八年四月一日。ギリギリの早生まれに生まれた。

当時住んでいた山形市緑町の警察官舎のちょうど向かいに千歳幼稚園があり、自分でも何となくそこに入るつもりでいたはずだが、ベビーブームのせいで入園希望者が多く、入園試験が行われ、落第した。

そのことでがっかりしたという記憶はない。けれども、休み時間になると、塀のうえのカラタチの生け垣のさらに向こうに聳《そび》えるジャングルジムのうえに、園児たちが群がりつつわらわらと上ってくる。それを、塀のこちら側から、見ていた。同じく落第組の威勢のよい「トコちゃん」の尻について、ときどき帰宅途中の園児たちを待ち伏せた。糞尿のついた棒きれを振り回して追うという、野蛮な山賊まがいの乱暴狼藉を行ったことを、記憶している。

試験に落ちた理由は、口がよく回らないことだった。サ行とタ行が滑舌よくしゃべれなかった。そもそも、幼児期の私はほとんど言葉を発せず、ムッツリしているというので、周りの人からムッソリーニと呼ばれていたと聞く。ただ、私を知る人ならわかるように、自慢ではないが、サ行とタ行なら、この年になっても、いまだに十分には発音できないところがある。

はじめての家の外の社会、小学校は広大だった！　入学からほどなく母から兄に託された忘れ物を三学年上の二階の教室に届けたときのこと。帰途、階下に降りようとして、階段の谷底に目がくらみ、途中でへたりこみ、べそをかいた。小学校という二階建ての社会的な建物が未経験だったのである。

入学して最初の月の、給食費の徴収が理解を超えていた。まず、生徒が教壇の前に出席番号順に並ばせられる。一人ずつ前進し、先生に何かを渡している。何のことかわからず、前を見ていると、「忘れてきた」と答える児童は叱られ、「家の都合で」と答える児童は許されている。私は、当然、毎回、「家の都合で」と答えることで、この意味不明の儀式をやりすごした。

しかし、日を重ねるうちに、不払い児童の数は減ってくる。先生はおかしいと思い、私の兄を調べたらしい。もうすでに支払われている。私は次の日、教室のなかで起立させられ、衆人環視のなか、ウソをつくのはよくない、と長々と叱責され、以後、授業中、ひと言も発しない小学一年生となった。

まだテレビはない時代。

私のような小さなバルバロイは、当時、たくさん日本の社会にひそんでいたのではなかったか。

私のこと　その2――東京のおばさん

小学二年の中途で私は山形市立第四小学校から最上郡にある新庄市の新庄小学校に転校した。

あるとき、たまたま前の日に天気予報のことで父と何かを話して、一つのことをたしかめていた。そのことが教室で取りあげられ、そのことを知っている人は？と先生がいった。誰も手を上げない。しばらく逡巡したあと、震えながら手を上げた。

こうして私の文明化は果たされた。それから私は普通の小学二年生への道を歩むことになる。

あるとき、新庄で一番大きな病院の息子の谷くんに誘われ、その誕生日のお祝いに出て、オーブンで焼いた焼リンゴというものを知った。家に帰り、同じものを作ってくれといったら、やがて、母がストーブで簡易のリンゴ煮を作ってくれた。私は家がそれほど裕福ではないことを知った。風邪を引くと母はネギを包帯のようなものに包んで首に巻いてくれていた。

その頃、毎月、私と兄とに少年雑誌が二種類送られてきた。いつしか私と兄はその送り手を「東京のおばさん」と呼ぶようになった。知らない人だった。

数年後、おばさんが姿を見せた。小柄な人で、東京で清掃の仕事をしていた。創価学会の熱心な信者さんだった。

さらに、何年も経って、あるとき、何かの折りに私の家にたくさんの人が来た。私は高校生だった。ある見知らぬ肩幅のごつい人が親しげに、私に向かい「大きくなったな」といった。

それから、こんな話をした。あの真室川の土手な。あそこの桜の木で、ベルトを抜いて首を吊ろうとしたら、ベルトが切れてよ。失敗したのさ。その頃は、映画を見るのだけが楽しみで、ハッピーエンドでないと、カネを返せと思ったものさ。

この人は、終戦直後、ヒロポン中毒で、一時、父の世話になり、私の家に数ヵ月、過ごしたのだという。そして幼い私と遊んだのだという。どこにも行くところがなかったらしい。

「東京のおばさん」はこの人のお母さんで、その後、このときのことを多として、数年間、私と兄に、毎月、少年雑誌を送ってきてくれていたのだった。

おばさんがどちらかというと貧しい感じの人だったので、小学生の私は少しがっかりしたのだが、肩幅のごつい人が、ヒロポン中毒で、我が家に数ヵ月を過ごしたと聞いたとき、高校生の私は、少し誇らしかった。数少ない、父にまつわる誇らしい思い出である。

私のこと　その3——勇気について

新庄ではしばらくすると、引っ込み思案同士の友だちができたが、やがてもう一人を加えたやはり転校組の三人が、二、三人の手下を従えたいじめっ子に、執拗にいじめられることになった。

イジメは一年半から二年くらい続いただろうか。

あるとき、私が建物の裏で、そのいじめっ子になぶられているのを見た兄が、家で、そのことを話した。しかし私は、そのことを何でもないことだといって否定した。

私は、このときのことがあり、長いあいだ、自分には勇気がないのだと考えてきた。いまもそう思っている。

ここで相手を殴り返そうと、思う。夢にまで見る。しかしそれができないまま、ある日、雨が降っているとき、それは私たち転校組が、また、転校していなくなる少し前のことだったが、私よりも少しだけ早く、同じいじめられっ子仲間のOくんが、傘を投げ出したかと思うと、ぐいっと、いじめっ子の襟首を摑み、相手をなぎ倒した。

それで、イジメは終わった。

この同じ新庄という場所で、もうだいぶ経ってから、一九九三年、転校してきた子が、集団でイジメに遭い、死亡するという「山形マット死」事件が起きた。いじめた子らは、事件の直後、罪を認めたが、その後、七人中六人までが申し合わせたように供述をひるがえし、彼らの家族もこれを後押しし、人権派弁護士たちが自白偏重を批判するなどして、介入した。そのため、この新庄市のイジメ致死事件は、死亡した子の両親を原告に、刑事裁判に続き、民事裁判を争われることになった。

二〇〇五年、最高裁で元生徒七人全員の関与が認められたが、いまも全員の損害賠償金の支払いは、なされていない。

事件の翌年、私は、山形県教育センターの雑誌『山形教育』に寄稿を頼まれた際、この事件を取りあげた。そして、この事件が、似た経験をした者としてかなり悪質なできごとと思えると書いたが、この原稿は、裁判係争中を理由に、掲載されなかった。勤務していた大学に雑誌の関係者が二人、菓子折をもってやってきて、この原稿を取り下げてもらいたいと言ってきた。没にするなら、自分で没にされたという事実とともに別の媒体に発表することにすると、返答し、私はそうした(「まだ残されているセリフの二、三」『この時代の生き方』講談社、一九九五年、所収)。

自分には勇気がないと、私は心から思っている。勇気ある人間になりたい。それがいまも変わらぬ私の願いなのだ。

私のこと　その4――事故に遭う

小学五年の四月、同じ山形県内の庄内地方に位置する鶴岡の朝陽第一小学校に転校した。父は、鶴岡警察署の次長で、官舎は馬場町というお城跡の前に控える閑静な住宅地にあった。家のすぐ裏が荘内日報社、向かいが大きな菩提樹の茂る幼稚園、隣りに古めかしい医院があり、「丸谷医院」という看板が掲げてあった。小説家の丸谷才一さんの生家である。

鶴岡は、小説家藤沢周平氏の生地でもあって、海坂藩《うなさかはん》の物語にはこの地の風物が反映している。私の記憶のなかでも、市内に大きな川が流れ、道路のそこかしこ、両脇を流れる水が透き通っていた。江戸時代海運で京都と直結していたからだろう、同じ山形県内で内陸とまったく気風、言葉が違い、どこか西日本ふうの軽さがあった。

中学二年生の兄にとってこの地はどうだったのか。記憶がないが、私の気分にこの地はよく合い、しばしばなんだか上機嫌で、庭などを行きつ戻りつしながら、「砂山の〜おすうなあをう、ゆびでほおってたらあ」という当時凄まじく流行した石原裕次郎の「錆びたナイフ」という歌などを口ずさんだ。今なおこの歌が何かのおり口をついて出る。いじめっ子などもどこにも存在せず、日々は平和に過ぎ、私は警察署長の息子のアツシくんと新しい趣味である切手収集に没頭した。

父の古来の「癖」の一つに開放性と芸術信奉とそとづらのよさがあり、それらがあいまって、当時、家にはしばしば放浪の日本画家ともいうべき、白髪に髭を蓄えた田口一穂《いっぽ》先生が一、二ヵ月、ふらりと現れては逗留していった。鶴岡でも一ヵ月ほど一部屋を独占し、住まわれていた。私はよく先生が岩絵具を膠《にかわ》で溶いて作品をモノされるのを傍らに腰をおろして見守った。時には膠ときなどを手伝わされた。

そんなある日、切手収集に夢中になった私が、家を飛び出し道路横断中に軽トラックにはねられる。私の下駄が砕かれて道路に残ったらしい。トラックの運転手さんに抱きかかえられ、病院に向かったが、やがて彼が「あれ、お母さんじゃねえかい」と私を促した。一人の女性が狂ったように走っていたので私は「違う」と言ったのだが、人に事故のことを知らされ、路上に砕かれた下駄を見た母が、病院に向かっていたのだった。

事故の報に帰宅した警察次長の父は、大事をとって布団に寝かされた私を見て警官の息子がと呟き、苦い顔をした。正直な感想だろうが、横たわる私には、母に愛されていることの幸福感と、父に対する齟齬の感覚が残った。

私のこと　その5——新しい要素

半年でまた転校となり、私は山形に戻り、一〇月から山形第八小学校の五年に編入した。このときの転校の緊張の記憶がなぜかいまも鮮明に残っている。真新しいズック靴を買ってもらったが、それをいつどのタイミングで履くべきかわからず、靴下のままそれを手にさげて廊下に立って呼ばれるのを待っていた。その姿はすこぶる滑稽であったろう。心細さも半端ではなかった。

この山形八小時代で、私に新しい要素が加わる。女子生徒が何か眩しい存在として映るようになる。凡庸な話だが、いわゆる「性」へのめざめがオクテの私にもようやく「北国の春」のように遅れてやってきたのである。

しかし、その予兆、というか端緒はすでに新庄時代の終わり、その一年前にあった。どのような事情だったのかわからないが、私は小学校のその頃から映画館というところがすこぶる好きで、そこに入り浸った。そんなことがありえたとも思えないのだが、なぜか記憶では、多くの場合、私は一人で映画館にいる。当時、本屋にもよく一人で入って、月刊の少年雑誌が入荷するのを発売日前日の夕方、待っていた。書店主とは父を通じて顔見知りだった。

当時映画は絶頂期で、小さな町の新庄にも、いくつかの映画館があった。いまも忘れられないのは、『鳴門秘帖』。その頃、日活では石原裕次郎の『嵐を呼ぶ男』が、洋画ではケ・セラ・セラで知られる『知りすぎていた男』が上映されていた。ドリス・デイの歌う物憂い歌の記憶はいまも耳に残っている。

さて、前後関係は脱落しているが、新庄時代の最後近く、私は何かつまらないサラリーマンものめいた映画の一シーンで新進女優の河内桃子が水着姿で立ち尽くす場面を見て、急に胸がドキドキとなる。彼女の胸の膨らみと水着から覗く乳房の割れ目から、目が離せなくなったのである。

あれは何だったのだろう、と思いながら、一人で映画館から帰ってきた記憶があるが、それはあとで作られたものかもしれない。しかし、河内桃子の胸の膨らみにドキドキした事実に間違いはない。

鶴岡では、その延長に位置する記憶はないが、山形八小にいたり、クラス内の一人の美少女の姿を私は遠く目で追うことになる。あれは何だったのだろう。名前はいまでもおぼえている。一つの名字が私の頭に浮かんでいるが、それが私の一方通行に終わった初恋の相手の名前である。

私のこと　その6――テレビ前夜

山形での生活も半年で終わり、次に父が転勤したのは山形県内でも雪深いことで知られる尾花沢だった。それが一九五九年四月のことだとわかるのは、転校したその日に、学校中に皇太子ご成婚記念のセルロイドの下敷きが配られたからだ。

尾花沢が町から市になったのもこの年で、そこに父は警察署長として赴任したのである。署長官舎は警察署のすぐ裏にあった。一度、暴れた牛が家の玄関口にまで来たこともある。

転校したのは町中にあるただ一つの小学校で尾花沢小学校といった。校内で長髪なのは私一人。しばらくして私も学内で坊主にさせられたのだが、すると多くの生徒が寄ってきて、私の頭にさわろうとした。

しばらくしたある日、教室の後ろの壁に生徒が何人か集まっている。聞くと、明日の中間試験だという。試験の前日に、試験問題の用紙が張り出されているのだった。

それでも生徒はあまり関心を示さない。私はなんとなく、とてつもなく遠いところに来た気がして、心細くなった。

この年、私は町の貸本屋から一日一〇円のお小遣いで毎日一冊、最初はマンガ、次には少年少女世界文学全集を借り出しては一日で読み切るため、家で読書三昧にふけったが、なぜ講談社の少年少女世界文学全集を小学校の図書室から借りなかったのか、ナゾである。小学校に寄りつかなかったのだろうか。

マンガでは、白土三平の『忍者武芸帳』。こんなに面白いマンガを読んだのははじめてで、興奮して眠れなくなった。つげ義春、さいとう・たかを、辰巳ヨシヒロなどのマンガも独力で発掘した。マンガがなくなると、少年少女世界文学全集に打ち込んだ。「点子ちゃんとアントン」「飛ぶ教室」などのほか、「三国志」「太平記」まで大半を読破し、教室で、いまの天皇は北朝ではないか、などと先生を困らせる質問をした。

この年、『少年サンデー』と『少年マガジン』が発売される。毎週、本屋に走ったが、マンガが週刊単位で読めるのは、信じられない思いだった。

近くのテレビのある家に、そんなに親しくないのに、みんなして押しかけて人気番組「スーパーマン」を見たりしたが、いま考えると、この年ほど、読書に心を躍らせたことはない。このあと、テレビが家に入ってくる。そしてすべてが変わる。自宅の居間で「鉄腕アトム」を見ながら、なぜこれが無料で見られるのか、どう考えても理解できなかった。電波がどこから来るのかと思い、テレビの周りに手をかざしたのをおぼえている。

Ⅱ　水たまりの大きさで

初出：信濃毎日新聞、二〇一八年四月―二〇一九年三月

イギリスの村上春樹

（二〇一八年四月七日）

窓の外は雨。車の並ぶ道路にはところどころに水たまりができている。

ここはイギリスの北方に位置する街ニューキャッスル。この地にある大学で村上春樹の執筆四〇年を記念するシンポジウムが開かれていて、私はそれに参加するため、来ているのである。

主宰者はニューキャッスル大学のギッテ・ハンセン准教授。もう一三年前になるが、かつて勤めた早稲田大学の英語の授業での留学生の教え子で、いまはこの大学で教えている。

宿舎に用意された大学の宿泊施設の名はカールトンロッジ。世界のほうぼうからやってきた登壇予定の研究者、翻訳者、編集者が、このロッジの各室に泊まっている。

私の隣室は現代日本の代表的な翻訳者である柴田元幸さん夫妻で、向かいはポーランド語の村上の翻訳の仕事のほか鋭敏な論で知られるアンナ・ジリンスカ・エリオット、階上には米国の代表的な若手翻訳者の一人、マイケル・エメリック、村上を最初に米国に売り出した敏腕編集者のエルマー・ルークがおり、階下には村上の翻訳の第一人者、ジェイ・ルービン夫妻が宿泊している。

私の部屋は二階の五号室。まさにアガサ・クリスティーの殺人事件を彷彿とさせる設定で、部屋の窓から三月の寒空を見上げ、私はイギリスに来たことを実感したのだった。

世界から多くの人を集めたこのシンポジウムでは、アート作品、映画上映を含め、多様で実り豊かないくつもの発表があった。

私も基調講演の一つを行い、村上の近年の作品におけるユーモアの消滅がもたらす彼の窮状について語った。最終日のディスカッションでは、ほかの発言者から、ごく初期からの日本本国における先駆的な村上評価者、論評者と紹介された。それを受け、大要、次のようなことを感想として話した。

たしかに私はもう三五年近く、村上春樹について書き続けてきた。村上について多くのことを知っていると思う。しかしそのことは小説家について考えるのに、あまりよい条件とはいえない。

それはこういうことである。

私はこれまで、村上春樹について四冊の本を出している。だいたいのところ、自分は村上の作品をかなりの程度、よく知っていると考えている。日本にいるあいだ、そういう思いをいだいてきた。

しかし、この地に来て、じつに得難い、新鮮な感情を味わうことができた。

それは、ここで語られ、ここに生きられている村上春樹という小説家には、私の知らない側面があるという感触である。

ずうっと長いあいだ、知っていると思ってきたが、私はこの小説家のことを、一面でしか知らないのではないか、私はこの人のことをじつはあまり知らなかったのではないか、という発見が、私をつつむ瞬間があった。

一人の小説家を考えるのに、この人を自分は知らない、と感じられることは、とても大切なことだ。そのことを思い出させてくれたことを、ここにおられる皆さんに、感謝したい、と。

知っていることのなかに、知らないことを見つけることは、難しい。知らないことは、決して探して見つかるものではないからだ。

だから、自分は何も知らない、と感じられる瞬間をもてる人は幸運である。自分が小さく感じられるが、それは世界を大きく受け取る機会でもあるからだ。

むろん、そんな機会は、なかなか人にやってこない。雨は降らない。けれどもたまに降ると、道路の少し凹《へこ》んだところが、水たまりになる。

その水たまりの大きさ、ということを私は考えている。手で抱えられる広さと、足で飛び越えることのできる幅をもつもの。そのような大きさで、考えていく。その痕跡を、この一年間、この架空のノートに、記していきたいと思っている。

「あらーっ」という覚醒

（二〇一八年五月五日）

さっと考えたときには、わかった気になっているのだが、よく考えてみるとわからない、ということに気づくことがある。すると私はトクしたような気がする。最近、こんなことがあった。

一九二四年生まれの戦後の思想家、故・吉本隆明は先のアジア・太平洋戦争のおり、この戦争で日本が勝たない限りアジアは白人の植民地支配から解放されない、と信じ、どこまでも戦争は継続すべきだと考えた。

しかし戦争が終わると、自分は考えられるだけのことは考えぬいたつもりだったのに、全部間違いだった、という思いに打ちのめされる。このとき彼は二〇歳だった。

そのときのことを、のちに、こう書いている。

死は恐ろしくなかった。反戦とか逃避とかは、富裕な階層ではそういうことがいわれていることは知っていたが、ほとんど反発と軽蔑しか感じなかった。アジアの植民地解放のためという天皇制ファシズムの大義を自分なりに信じていた。「だから、戦後、人間の生命は、わたしがそのころ考えていたよりも遙かにたいせつなものらしいと実感したときと、日本軍や戦争権力が、アジアで「乱殺と麻薬攻勢」をやったことが、東京裁判で暴露されたときは、ほとんど青春前期をささえた戦争のモラルには、ひとつも取柄がないという衝撃をうけた」(『高村光太郎』)。

以前これを読んだときには、そうだろうな、という感じで読みすごしたのだが、つい最近、再びこの人について考える機会があり、これだけ皇国思想にこり固まった青年が、ああ、俺はバカだったと心の底から思い、その考えを捨てるとき、そこに起こっているのは何だろう、という疑問が浮かんだ。そしたら、ここにあるのはそんなに簡単な問いではないことに気づいた。

「IS」(過激派組織「イスラム国」)のテロリストの青年がいて自爆攻撃をしようとしている。死は怖くない。その彼があるとき、俺はバカだったと思い、考えを捨てるとしたら、その理由はどんなものか。

ここにあるのは、それと同質の問いだからである。

そういう問いをもって、このときの二〇歳の吉本さんを追ってみた。すると、戦争が終わっても、この青年は、機会があったら占領軍に対する蜂起に参加しようと思っている。やる気十分。疎開先から東京の実家に戻ろうという家族を、まだ危ないからダメだ、とひきとめている。

変わったのは、一人偵察のつもりで上京したとき。後年、それをこんなふうに語る。このときの日本人って、みな「死ぬまで戦うぞ」から簡単にGHQ(占領軍)になびいてしまったんですよね、と若い人にいわれ、老境の彼がこう答えている。「本当にみっともない話ですが、僕もそうでした」「敗戦直後、銀座や数寄屋橋あたりを歩いていたら、アメリカ兵が日本の女たちとたわむれている。鉄砲を逆さに担ぎ、ガムをクチャクチャ食いながらね。「あらーっ!」って感じですよ。「こりゃあ、予想してたのと全然違うわ」」——。そう思い、ガクっときたのだという。

私は、この「あらーっ!」って感じ、というのが、私の探していた答えなのだろうと感じた。

この語感のうちに、戦後、このテロリスト候補の青年がぶつかった、まったく異質なものの感触がよく現れている。

これは別にいえば、人間の生命って、何のためでなくたって、ただ、生きているだけで、十分に意味があるよね、ピース、ということである。

いまふうの言葉を使うと、簡単にいえる。

何かに気づくこと。それを私たちは、「ひらめく」という言葉で表現したりする。マンガだと、頭の付近に「！」というマークがついていたりする。でも、「あらーっ」とか、「あらら〜」というような形でやってくる覚醒もある。

そのほうが深いのではないか。

覚醒としては。

そんなことを学ぶことができたと思っている。

知らない人の言葉

（二〇一八年六月二日）

調べ物をしているうちに、これまで知らなかった人の、読んで心を動かす言動にふれることがある。

そういうとき、この人はどんな人だったのだろう、とその風貌、様子を知りたくなる。

つい最近、一九五一年九月にサンフランシスコ講和条約と同日、署名された日米安保条約のことを調べていたら、あるやりとりに出会った。

背景はこうである。この年、米国は日本の講和を前に、独立後も日米安保条約を結び、日本国内の米軍基地を無制限・無期限で自由使用することをめざしていた。しかし表沙汰にしたら、日本の一般国民が怒るに違いない。そのためこれらの不平等な条項を表に出さなくともよい、条約ならぬ行政協定に書き込むことに日米共同で決めていた。

この無期限の自由使用を強硬に主張したのは国防省と軍部で、国務省の外交官たちはこれに反対していた。この間、両者のあいだで綱引きが続いていた。

さて、私が米国外交文書のなかに見つけたある機密の電信で、一人の国務省高官がこのとき、ディーン・ラスク極東担当国務次官補にこう述べている。

このたび国防省が、現在検討中の行政協定に米軍スタッフ、関係者の日本での治外法権を盛り込むべしと要求してきた。日本に欧米並の法秩序、法感覚が備わっているとは思われない。米軍兵士、米国市民を守るために必要だといっているが、彼らは、日本が一八九九年にアジア初の治外法権撤廃国になったという歴史を知っているのだろうか。歴史を戻すというのか。あまりに無知である。

続く文面に、敗戦国で東洋国の日本に西欧のNATO(北大西洋条約機構)と同じ待遇を与えるわけにはいかない、とあるのも同じだ。このようなフィロソフィー(哲学)では、今後、講和条約締結後の日本及び東洋の諸国とまともに交渉していけない。いますぐに改めるべきだ、と国務省として国防省に直言すべきと思うが、いかが。こんなことが続けば、転職を考えるしかない(一九五一年八月二二日)。

書いたのは、当時、ダレス講和特使の首席随員を務めていたジョン・アリソンという人。

興味がわき、調べてみた。一九〇五年生まれ。大学時に極東に関心を抱き、二二歳のときに日本に来て二年間、小田原などの中学校で英語を教えている。その後外交官となり、南京事件の際には、領事として赴任していた関係で、三八年に日本兵たちによる中国人女性強姦事件にぶつかり、その際、日本の憲兵とともに兵士宿泊所に向かい、事実を質《ただ》そうとして、日本兵に顔を殴打されている。

これは、日本兵が米国の外交官を殴ったというので国際的な大事件(「アリソン殴打事件」)となった。米国では日本製のシルク不買運動が起こり、最後、南京の日本総領事が謝罪して収まる。

太平洋戦争の開戦時は在大阪領事で、四二年に帰国。戦後、国務省で極東局の副局長などを歴任した後、サンフランシスコ講和条約、日米安保条約の草案作成に携わった。

国防省と軍人たちが、占領後も日本を、自分たちの意のままに服従させようとしていることに義憤を感じ、こんなことではダメだ、もっと相手を尊重し、国際社会の対等な相手として交渉していくのでなければ、と誰にも見えない場所で、すぐ上の上司のラスクに訴えていた。

彼は、この後、五三年には駐日大使となる。翌年、第五福竜丸事件が起こり、原水爆禁止運動が広まる激動の時期だ。

当時、日本では、「知名度、政治的影響力ともに貧弱な「極東屋」として」軽く見られていた、とウィキペディアにはある。でも近年の研究では、朝鮮戦争後、日本に過度の再軍備要求をすべきでない、と本国に繰り返し具申していたことがわかり、再評価がはじまっている、とも。

五七年に離任。その後、インドネシア、チェコで大使。

ウィキペディアに写真はなく、どんな顔をしていたのかはわからない。

フラジャイルな社会の可能性

（二〇一八年七月七日）

人に教えられることは楽しい。

この秋、カナダのフランス語圏ケベック州から一人の歴史学者、思想家がくる。その人の「間文化主義」（インターカルチュラリズム）という考え方と、あなたの過去の主張には重なるものがある。ついては公開討議に参加する気はないか。そういう誘いを受け、その人の本を読んでみたのだが、たしかに似ている（ジェラール・ブシャール『間文化主義　多文化共生の新しい可能性』）。私は教えられた。

私は、もう二昔前、一九九五年に「敗戦後論」という論考を書いて、第二次世界大戦で死んだ自国の死者を侵略戦争の加担者と見て否定したうえ、侵略先の他国の死者に謝罪するという従来の戦後民主主義ふうの考え方は、必ずや国内に不満と反対を生み出すので、フラジャイルである（こわれやすくてもろい）、変えたほうがよい、と述べた。

そして、まず自国の死者を哀悼し、その延長線上で、他国の死者に謝罪するという新しい死者との向きあい方を作り出さないかぎり、私たちの思想基盤も、アジア諸国との関係も安定しないと書いて、左派からも右派からも批判された。

さて、この人、ジェラール・ブシャールさんの間文化主義の考え方は、こうである。カナダの国是の一つに多文化主義(マルチカルチュラリズム)がある。多様性を旨とし、さまざまな文化的集団に対等な権利を認めて共存をめざす、公平で正しい政策思想である。

ブシャールさんは、こういう公明正大な考え方は、カナダの絶対的多数派である英系住民の住む社会的基盤の堅固な英語州では機能するが、少数派であるフランス語住民の多いケベック州のような基盤の不安定な社会では、逆に不安定要因を増すという。

ケベック州のフランス系住民は、カナダではマイノリティ(少数派)だが、自州内ではマジョリティ(多数派)である。英系住民とともにカナダを作った「建国の二つの民」という彼らの自負は、多文化主義のもとでは潰《つい》えてしまう。また主文化を想定しない多文化主義をそのまま州内に持ちこめば、社会のモザイク化と断片化が進み、カナダのなかでケベック社会の存続そのものが脅かされる。

そこで、ブシャールさんの間文化主義は、このようなケベック州内のマジョリティの不安を「もっともなものだ」と認めようという。「少数者や移民の利益と同様に、多数者の利益にも配慮する」。あらかじめ正しく公平な原理を置いたうえ、それを「適用」するのでなく、少数者、多数者にかかわらず、個々の状況に応じ、集合体相互間の「調整」により、すべての市民が同じ権利を享受することをめざそうというのである。

基盤が安定していない社会では、他の社会と同様に公平で正しい原理をそのまま適用しようとしても、うまくいかない。だから、そういうばあいには、その社会のフラジャイルさを顧慮した、新しい考え方を作り出す必要がある。

そういう認識が、少数者だけでなく、多数者にも耳を傾けようという、ある意味、ヴァルネラブルな(攻撃されやすい)主張を、この人にとらせている。

そのため、ブシャールさんの間文化主義も、フランス系ナショナリスト、多文化主義に立つカナダ連邦主義者の双方から、激しい批判に遭ってきた。

このばあい、ブシャールさんを他の人から隔てているのは、自分の住む社会が、ある本質的な不安定さを抱えているという危機の意識である。日本の社会も侵略戦争で国のために亡くなった人をどう哀悼すればよいのかわからない。ケベックの社会も多文化主義では自分の社会の問題が解決されないことをよく知っている。でも、このように独自の壊れやすさを抱える国はいま、多いのではないか。

——このことは、フラジャイルな社会の困難が普遍的で、広く世界に開かれている可能性を指し示しているのかもしれぬ。

私は、こう教えてくれたこの私のまだ見ぬ先生と、今秋、会えることを楽しみにしている。

大きすぎる本への挨拶

（二〇一八年八月四日）

あまりに大きくて厚い本が突然現れると、これとどうつきあえばよいかわからない、ということが起こる。

構想四〇年、まる五年をかけた総頁一三〇〇頁余に及ぶ哲学書、竹田青嗣の『欲望論』とはそんな本だ。さすがに友人である私も、手にとるのに時間がかかった。去年に出た本をようやく読みはじめたところだが、やはり驚くべき内容をもっている。

哲学とか現代思想といわれる世界では、いま大きな変化が生まれようとしている。二〇世紀の後半に起こった思想的地殻変動の結果、構造主義、ポスト構造主義と呼ばれる新しい哲学思想が現れ、それまでの革命や実存、人類の理想といった「大きな物語」はすべて信ずるに足りないとする風潮が一世を風靡した。そしてそのあとには、何かを愚直に信じようとすると決まって人にネクラと愚弄されたりする、斜に構えた空気が世の中を覆うようになった。

最近、死刑執行で注目されたオウム真理教のような新宗教が、稚拙ながらも従来の科学的知見に反する新しい理想を提示し、その荒唐無稽さにもかかわらず、かつて若い知的階層を動かしたのも、こうした風潮と無関係ではない。

しかし、二一世紀に入ってから、カンタン・メイヤスーというフランスの現在五十代初頭の哲学者らを中心に、若い哲学者たちが思弁的実在論という新しい考え方を打ち出してきた。

彼らはいう。じつは世の動きに取り残されていたのは、何もかもに懐疑をつきつけて得意になってきたこれらポストモダン思想の信奉者たちのほうだったのではないか。彼らが狭い哲学の世界に閉じこもっているあいだに、一般世界のほうでは科学的知見にも長足の進歩を見せてきた。「信じる」ということの全方向的な力を回復するため、いまやここから再度、反転し、世界の実在には根拠があるという新しい前提の上に立った哲学思想を構築しなければならない。

ところで、こうしたポストモダン思想の懐疑主義を打開する哲学の原理を、彼らに先立って、三〇年近く前から着想、提唱してきたのが、今回の本を書いた竹田である。

そうした企ての集大成として、彼は、右のような新しい西欧の哲学の試みをも視野に入れた、それらの全体をさらに超える、まったく新しい考え方を提出しようとしている。

竹田の考えは二つからなる。考えることは人を迷路に連れ出す。だからつねに、なぜ考えたりするのか、その第一歩の問いを忘れずに、そこから考え直すことが大切だ。では人はなぜ考えるのか。ソクラテスは「よりよく生きるため」と答えた。しかしいまは、一歩を進め、「人が殺し合う現実に集合的に対抗するため」というホッブズ以来の近代哲学の一項をここに加えたい。戦争という普遍暴力をどうすれば克服できるか、という問いに現代の哲学は応えるのでなければならない。そこから再度、哲学を再活性化すべきだ。

次に、すべてを懐疑したポストモダン思想に対し、新しい「信じる」足場が提示されなければならないが、思弁的実在論のように、また新たな「本体」をそこに持ってくるのでは根本的な解決にならない。ポストモダン思想の懐疑を逆にもっと底まで徹底すれば、そこにどうしても疑えない、人の「信じる力」の源泉が、むしろ人間の

「生き物性」から取りだされてくる。そこでは人に他とのつながりを欲させる「欲望」の力が、カギになる、と竹田はいう。

こうしてこの本は、これまでの思想を「本体」論的思考として括ったうえで、これを克服する「現象」論的な思考を、世界の全哲学大系を相対化する規模で「欲望論」として展開する。

この本のいう「一切の哲学的原理の、総展開の試み」というのは、そういう意味だ。まだ二冊あるうちの一冊目を読んでいるところだが、大著すぎてほとんど誰も言及しない。書評も一つ出ただけ。読んでみてはどうか。私はピッチの上で、とっさにパスする相手を探す思いで、周りを見渡している。

東京五輪と原爆堂

（二〇一八年九月一日）

今年の夏、私は不思議な指摘を眼にした。どこで、どういう人が述べた意見だったのか。スマホで見たのか、新聞紙面で見たのか。

原爆は、広島と長崎に落とされたのではない。日本に落とされたのだ、というのである。

考えてみれば、その通りである。アメリカは、日本と戦争をしていた。そして日本に原爆を投下することを決定した。最初に投下目標に選定されたのは東京湾、名古屋、京都、大阪、広島、呉、熊本など、一七の都市と地点。一九四五年五月、三回目の選定でそれが京都、広島、新潟の三都市に絞られた。

その後、京都の除外をめぐり議論が交わされ、最終的に七月二五日、広島、小倉、新潟、長崎の優先順位で目標候補が四都市に決定。その結果、八月六日、広島に投下、九日、小倉に向かったが靄《もや》のため視界不良だったので急遽、行く先を変え、長崎に二つ目が投下された。

原爆は、結果的に広島と長崎に投下されたのだが、アメリカは、原爆を日本に投下した。広島と長崎が日本だから、投下したのである。

それなのに、いつからか、私は、原爆の投下をどこかで他人事のように感じている。そのためだろう。私は、この指摘に虚を衝かれる思いがした。

この指摘は、私に二つの本を思い出させた。そのうちの一つ、アーサー・ビナードの聞き書きの本、『知らなかった、ぼくらの戦争』に模擬原子爆弾「パンプキン」投下の話が出てくる。愛知県の中学教師金子力は、なぜ八月一四日に地元の小武器工場に大型爆弾四発が投下され、避難していた女子工員四人と住民三人が犠牲になったかを調べるなかで、この事実を見つけだす。

アメリカは、原爆投下後も、長崎型プルトニウム原爆と同じ重さ(5トンもあった!)の模擬爆弾を使い、投下検証実験を続けていた。再度、日本に使うためではないだろう。日本はポツダム宣言を受諾し、玉音放送の準備にかかっていた。同じとき、アメリカは、その次、戦後を見越して投下訓練を続けていたのである。

この本で、金子は、テレビなどに流れる「広島の原爆投下」の映像に「ときおりマーシャル諸島で行われた核実験の映像が使われることがある」とも述べている。原爆は過去のもの、キノコ雲を見ればあれだ、という条件反射が、私たちにはできてしまっている、と。

そのことを考えると、原爆は、日本に落とされたのではない、世界に落とされたのだ、というのが、もっと正しいかもしれない。原爆は結果的に日本に落とされたのだが、アメリカは、日本が敵国だから、そうした。もっとも、アメリカに限らないだろう。原爆を開発すれば、戦争は、その国が敵国にそれを投下することを促す、というほうがより正確かもしれない。

また、私は最近、白井晟一《せいいち》という建築家が一九五五年に設計した原爆堂という建物をめぐる対話の本に参加させてもらった(『白井晟一の原爆堂　四つの対話』)。

広島に丹下健三が広島平和記念資料館を完成させたと同じ年に、誰がお金を出すか、どこに建てるか、ということへの顧慮は一切なしに、この建築家は、人々が核の問題と対峙する建築として、建築雑誌にいくつかの図面とパース(完成予想図)を、発表する。

この夏、原宿のギャラリーで、この御堂(テンプル)のCG映像を見る機会があったが、鬱蒼とした森林のなかに、その静謐な建築は立っており、私はスペインのバルセロナにいまなお建築途上のアントニオ・ガウディ設計になるサグラダ・ファミリア教会を、思い浮かべた。

広島、長崎の人々だけでなく日本人が。日本人だけでなく、アメリカ人を含む世界の人々が。この建築の前に立つこと。

そういう建物を、日本のどこかに、実現すること。小さな意思を起点に、日本の社会に、世界の人々に、拠金をよびかけて。

東京五輪に向け、新競技場の建設が進むなか、そんな夢を私は見ている。

憲法九条と「失われた三〇年」

（二〇一八年一〇月六日）

友人の経済ジャーナリストから聞いた話である。最近、アジアのシリコンバレーといわれる中国深圳(広東省)を訪れた。そこで耳にした挿話だが、急成長し世界ランクに入るスマホメーカーの経営幹部が、自分たちにとって「輝くような、あこがれの存在だった」日本企業がなぜ急にダメになったのか、理由を「教えてほしい」と、問いをさえぎり、逆に真剣に尋ねてきたのだという。「自分は考え込んだ。あなたはどう思うか」と友人は私に訊いた。

私は経済についてはわからないと答えた。しかし、このところ、憲法九条の問題について本を準備してきて、平成期の「失われた三〇年」が経済だけではなく、政治の失敗の結果でもあることがよくわかった。私は、彼にこんな日米安保と憲法九条をめぐる失敗の話をした。

日本の閉塞がどこからはじまったのか。政治的な主因は、冷戦終結にともなうアメリカによる日米安保「見直し」策に対抗できず、以後、受け太刀一方になってしまったことである。

冷戦終結は日米関係のもとで、じつは日本から、反米感情が高まると日本はアメリカから離反し、中立化ないし共産化するかもしれないという「共産カード」を奪った。これは、一九五〇年代の三〇〇〇万筆を集めた反原水爆署名運動(ビキニ水爆事故を機にアメリカは核平和使用支援策に転じた)、全国に広がった反基地闘争(これによってアメリカは大半の基地を沖縄に移転した)に続き、六〇年の安保闘争が決定づけたもので、日本のアメリカに対する抑止力の最たるものだった。これによりアメリカは慎重な対日融和姿勢に転じ、以後、二〇年間にわたる自民党ハト派による九条を楯とした軽武装・経済成長・親米路線に道が開かれる。しかしアメリカはその衝撃を隠す。日本はその手持ちのカードの威力に十分に気づかなかった。

冷戦終結は、アメリカにも影響し、彼らに新たな世界戦略を模索させる。その結果、アメリカは日米安保の重点を、全地球的な世界戦略への日本の組み込みへと転換する。同盟の重点は、モノ(基地)の自由無制限の使用から、ヒト(自衛隊)の自由無制限の使用へと変わる。この「見直し」に応じなければ、北朝鮮、中国など新たな脅威での日本防衛は保障できないゾ。九五年、アメリカの政策通、ジョゼフ・ナイ氏の策定した安保再定義の提言とは、客観的に見ると、こういうものだった。

しかし、ここでも九〇年代の政界再編の混乱のさなか、日本側は、先の切り札に代わる対米交渉上の新しい対案を用意できない。というか、その必要にすらあまり気づかないまま、ずるずると、アメリカの要求を呑む。そしてそれに合わせて、憲法九条のほうを変えようとする。九九年にはじまる改憲論議、解釈改憲の動きがこれである。

トランプ政権を見れば明らかなように、いまや、アメリカの言いなりになっているだけでは日本の安全保障もおぼつかない。このばあい、必要なのは、日米安保ナシにでもこうしてやっていけるゾという対案だろう。それは、近隣諸国からの信頼をつなぎとめ、孤立することなく、安全保障策を確立できるという条件をみたす対案カードである。

それがあってはじめて健全な日米関係も友好裡に維持される。またこの対案の提示なしには現在の「改憲」に対する有効な反対も組織できない。その意味では、現状維持を主張するだけの現在の護憲派も、改憲派と同じ失敗、閉塞を共有している。

経済的な失敗については専門家のあなたに譲る。でも考え方は同じだろう。理由を探しあて、その失敗に学び、新しい一歩を踏み出すこと。その勇気が大事か、と友人には答えたが、あとを続けると、私は、憲法九条に関しては、日米安保に代わる、国連中心主義への回帰がカギになると考えている。

それは、アメリカに代わり、国連を外交の基軸に据え、国連の再建を通じ、東アジア近隣諸国ともアメリカとも友好裡に平和外交を追求する道である。道は遠いが、これしかないだろう。私はその改訂・強化を考えているのだが、ジョーカーは依然として、憲法九条である。

信用格付と無明

（二〇一八年一一月三日）

二〇〇二年以来、新潮社の小林秀雄賞の選考委員を務めている。ほかの選考委員も気持ちのよい人々で、多くの傑作に賞をさしあげてきた。

今年の受賞者は『超越と実存――「無常」をめぐる仏教史』を書いた宗教家の南直哉さん。本県（長野県）の出身であることを、会場で本紙（信濃毎日新聞）の記者氏に教えられた。

南さんは、受賞の挨拶で、仏教にいう「無明《むみょう》」について話された。それは、ない観念をあると思ってしまうことから起こる錯誤なのだ、と。ふつう人は暗がりのなかにいて、闇があると思う。けれどもそれは闇があるのではなく光がないのだ。光が当たると闇は消える。それは、彼の本と同様、頭のなかの磁針を揺らしてくれる話だった。

今年（二〇一八年）の授賞式のもう一つの話題は、ヘイト論文の扱いで休刊騒ぎを起こした『新潮45』問題だった。続いて別の賞の選考結果の紹介に立った選考委員代表の櫻井よしこさんが、その休刊問題にふれて多くを語った。

『新潮45』問題というのは、こうである。今年の同誌八月号に杉田水脈《みお》衆院議員が「「LGBT」支援の度が過ぎる」と題する文章を寄稿した。「LGBT」とは性的少数者をさす。最近、いくつかの自治体が、彼らの権利保障に動くようになったことを念頭に、公的機関による「支援の度が過ぎる」、リベラルメディアがそれをほめそやすのも問題だ、と述べていた。

なかに、「LGBTだからといって、実際そんなに差別されている」のか、彼らの生きづらさは「制度を変えることで、どうにかなる」のか、彼らのカップルへの支援に「税金を投入」してよいのか、彼らは「子供を作らない、つまり「生産性」がない」、このままいくと「兄弟婚、親子婚、ペット婚」も認めよとなるかも、等々の発言があった。

それを読んだ尾辻かな子衆院議員が、「これは危険な暴論だ」、撤回すべきと批判した。彼女は、自ら性的少数者(同性愛者)であることを明らかにし、その差別解消に向けた「可視化と政策による解決」に努めている代議士である。

しかし、杉田議員が逃げ回り、姿を現さない。その結果、当事者団体が所属する自民党の本部前で、数千人規模の抗議行動を行うことにもなった。

これに、同誌が、一〇月号で「そんなにおかしいか「杉田水脈」論文」と題し、LGBTを認めろというなら痴漢行為も認めよ、といった暴論等を含む、ヘイト誌まがいの特別企画で対抗した。そのため、あまりのことと、各方面から批判が寄せられ、九月二五日の休刊と「反省」の発表となったのである。

櫻井さんは「一〇月号は素晴らしい出来」「休刊は残念」「言論に対しては言論で返す」べき、と述べたが、私は違うことを考えていた。

一つは、もし出版社にもムーディーズのような信用格付機関があれば、これで新潮社の格付けはAAAプラスからABBマイナスくらいまでは落ちた、ということ。今回の記事は、出版元が新潮社だから、これだけ多くの激しい批判を呼んだのである。

もう一つは、今月号(一一月号)には、どうしても論争の両当事者が前面に登場すべきだった。そうした前例が、北海道新聞での論争を大々的に取りあげ、「大論争　戦争と平和」と題して合計四〇頁に及ぶ森嶋通夫と関嘉彦の非武装型国防の是非をめぐる論争を特別企画した一九七九年七月号の『文藝春秋』にある。このときには、同誌は両者に徹底的に頁を与え、論争は数ヵ月続き、日本社会を震撼させた。ちなみにこのとき、極論を吐く森嶋は、文化勲章の受章者でもあった。『文藝春秋』は、売れる異色の書き手をも作り出していたのである。

ちなみに、読んでみると、尾辻かな子の批判文は、水際立っている。自らが性的少数者だとして立つその姿勢とクールな政治的目配りが鮮やかである。

新潮社は、杉田水脈が逃げ回っている以上、『新潮45』編集部にそんな書き手を擁護する特別企画を許すべきではなかった。それが失敗。「言論には言論で」。そこがわからないと、出版社にも光はさしてこない。

私の「自己責任論」考

（二〇一八年一二月一日）

シリアの武装組織にとらえられたジャーナリストの安田純平さんが三年四ヵ月ぶりに解放されたら、またしても「自己責任論」の声がもちあがった。安田さんは二〇〇四年にもイラクで拉致された際、同じ目にあっている。この平成の一四年間とは何だったのか。私はそんなことを無力感のうちに考えている。

国際社会に称賛される活動の末、辛酸をなめ、苦難を克服して帰国したジャーナリストらを、国に迷惑をかけた、「自己責任」だといって批判する社会など、そうあるものではない。救出された側に「自己負担をせよ」などという国も、聞いたことがない。しかし、日本の社会も、自衛隊撤退がボランティアなど民間人三名の解放の条件とされた二〇〇四年の「イラク人質事件」までは、そうではなかった。

では、このとき何があったのか。私の考えでは、「自己責任論」は、苦し紛れに政府側から出てきた。当初から独仏も反対し、国内外で問題含みだった自衛隊のイラク派遣が、このとき、国民からも、野党からも、厳しい批判にさらされた。イラクの武装組織も、なぜかそこをついて、「いまだに米国の暴虐に苦しんでいる友人たる日本の人々にイラクにいる自衛隊を撤退するよう日本政府に圧力をかけるよう求める」などと呼びかけていた。そしてこれに応えるように各地で自衛隊撤退を要求するデモが起こった。人質家族も外相に、自衛隊の撤退を公然と要請した。

パチン。

ここでダムが決壊した。振り子が逆にふれ、その後、猛烈な反動がきた。なぜ社会と国にこんなに迷惑をかけているのに、大きな顔をして国の政策にまで口を出すのか。まず世間に謝るのが先ではないか。この「世間」の論理、ムラの論理の擡頭に、まず人質家族が態度を一変させ、「ごめんなさい」と平謝りした。村八分の論理が急浮上したら、大手リベラル紙もこれに抗せなかった。国はこれに乗じて、「自己責任論」をふりかざし、何とか自衛隊派遣をめぐる自らの「責任」をかわすことに、成功したのである。

私は、この背後に日本社会全体の焦燥があったと思う。問われていたのは憲法九条と自衛隊という名の軍隊組織の関係である。日本には憲法九条があり、交戦権を認めていない。しかし交戦権を否定する軍隊組織とは字義矛盾である。日本は、憲法の理念を尊重するなら、この矛盾を止揚して自らの平和主義を創出すべきなのだが、護憲改憲両派ともその「責任」を怠り、事実上、有事指揮権という名の交戦権を米国に差し出している。そして国も社会も、じつはこの難題の解決にはお手上げなのだ。

しかし、こういう国は軍隊組織の海外派遣など行うべきではない。戦闘が起こっても、国は関知しない。そんな条件で送り出された隊員は、悲惨である。

政府の当事者はその弱みを重々知っていた。だからこそ、このときの記録、イラク日報も一四年間、ついこのあいだまで隠蔽されてきた。すべてがつながっている。そして一つのことをさし示している。もし平和主義的な独自の軍事原則を確立できていたなら、日本は根拠薄弱な米国からの派遣要請を断れただろう。そしてそのばあい、最低、自衛隊の「対米自立」ということが、このような案件に対処するばあい、必須であることが、誰の目にも明らかになったはずである。

二〇〇三年の自衛隊のイラク派遣決定は、必要な法的保障を欠いた、一歩間違ったら隊員を宙ぶらりんの死に投げ出す、国家としてあるまじき冒険的愚行だった。人質事件の武装組織の自衛隊撤退の要求も、その急所を突いていた。ではどうすべきか。そこで窮地に陥った政府が、こうした難題の存在を国民の前に明らかにし、「責任」をもって対処しようとする代わりに飛びついた窮余の策が、逆に人質たちの「冒険的愚行」を自己責任論の名のもとに攻めたてる、村八分の反対キャンペーンだった。

なぜ「自己責任論」などというものが跋扈しているのか。私たちは自分たちの「責任」を忘れているのだ。親としての。大人としての。そして人としての。

入院して考えたこと

（二〇一九年一月五日）

今回は、先祖返りの話。

言葉というものを私はだいぶ長いあいだ、考えるための武器として扱ってきた。しかし、だんだんと年を取ってきて、最近は入院などの椿事《ちんじ》も経験し、言葉にはほかにもいろんなつきあい方のあったことを思い出した。そちらのほうが、メインだった頃のことを、思い起こしている。

自転車に乗っていて上り坂にかかると、ギアを一つ落とす。スピードは出ないが、ほどほどの力で坂を上ることができるようになる。

それは一つの退歩だが、そうであることで私たちを新しい場所に連れ出す。

面白いことにこの坂にさしかかった感じは、最初私に一つの欲求としてやってきた。二年前（二〇一七年）、岩波書店の『図書』というPR誌に一頁のコラムを連載させてもらうことになったとき、そのタイトルを「大きな字で書くこと」とした。

何だか、小学生の頃は、大きく字を書いていた。それがだんだん、年を重ねるにつれ、小さな字で難しいことを書くようになってしまった。鍋のなかのものが、煮つまってきた、このあたりで、もういちど「大きな字で」、つまりはシンプルに、ものごととつきあってみたい、と思ったのである。

その後、しばらくして、四年前に亡くなった鶴見俊輔さんの瀟洒な小冊子「もうろく帖」を改めて手にとる機会があった。

それは正編と後編の二冊からなり、日々、鶴見さんが座右に感じた寸句、新聞からの切り抜きなどを書きつけた手帳大のノートを「原寸大に」移したものなのだが、最初の記述が、一九九二年二月三日で、逆算すると、これは鶴見さんが、六九歳と八ヵ月のことなのだ。

あの頭脳明晰で知られた鶴見さんが、七〇歳を前に、自分を「もうろく」した人として受け取り直し、新たに言葉とのつきあいをつくり直そうとしていた。その後退戦の素早さに、やられた、と思った。

なかにはアイヌ出身の国会議員萱野茂が一期だけで引退を発表したときに述べた

「狩猟民族は足元が明るいうちに村に帰る」という言葉も、しっかりとある日の項目として引かれている。

私は七〇歳になった。「大きな字で書くこと」は二年前からの連載だが、本紙でのコラムを「水たまりの大きさで」という題にしたのも、同じ自覚と願いによる。もうものごとを、手で抱えられる、また、足でひょいと跳び越すことのできる、「水たまりの大きさで」考える態度を身につけたい、と思った。

しかし、昨年(二〇一八年)、九条をめぐる本を、それに続けて今年、幕末期から現在にいたる射程で尊皇攘夷思想をめぐる本をもう一冊、などと思い、足をとられた。ハンターがいわば深追いした。気がつくと周りは闇。ちょっといま、いささか健康を害し、そんなことを思っている。


考えることの前に、言葉とのつきあいがある。言葉とのつきあいの前に、言葉との遊びがある。

幼い頃、私は紙とエンピツさえ与えておけばいつまでも留守番している子供だったということを一四年前に死んだ母が言っていた。そのころ私は言葉なんて知らなかった。ただ紙にぐちゃぐちゃと何かの図柄を書きなぐっていたのである。

しかし、それが考えるということなのではないか。

考えるということの原質は、まずエンピツを手にもってザラ紙に意味のない模様を書きなぐることなのではないか。そしてそこから湧いてくる感情と出会うことなのではないか。

だからそれは生きることと根でつながっている。

そんなことを、七〇歳をすぎて、いま私は思う。

建物は、どんなに豪壮な建物も、小さな小屋も、崩れることで自由になる。建物は建物から、そのとき、解放される。そのとき、誰が、建物に、ご苦労さまと、声をかけるか。

私は、そのような人でありたいと思っている。

思想も建物と一緒だと思っている。

助けられて考えること

（二〇一九年二月二日）

大学をやめてから四年がたつが、自分がだいぶ教える相手に助けられてきたことに気づきはじめている。

私がこれまで書いたもののなかで例外的なロングセラーとなり、刊行後二〇年にしていまなお、年に一度ほど増刷を続けている『言語表現法講義』なる本の、私の他の本との大きな違いは、これが、学生の作文を集めてなった本、つまり学生とのやりとりをそのままに記した、学生たちに大いに助けられて生まれた本だということである。

そこで私は助けられて考えている。そのことがこの本に厚みと広がりを与えていると思う。

そもそも、教室でのやりとりでも学生に教えられることが多かった。なかで忘れられないのが、次の「(手で)守る」ことと「(目で)守る＝見守る」ことの内的連関をめぐる話である。

キャッチとウォッチ。

と書いても何のことかわからないだろうが、英語では、一字違い。それを教えられた。

サリンジャーに『ライ麦畑でつかまえて』という小説がある。原題は「キャッチャー・イン・ザ・ライ」で、この表題は、主人公の少年が大好きな妹に、お兄さんはこの世の中に不満ばかりなんだと批判され、いや、そんなことはない、と自分が「肯定」できる唯一の職業としてあげる職種(?)をさしている。

つまり、ライ麦畑に子供たちが遊んでいる。その境界には危ない崖がある。そこには子供たちが落っこちないように、子供をガードする「守り」役(キャッチャー＝守護人)がいるんだが、そういう職業になら、大きくなったら自分はぜひなりたいと思っている、と主人公はこのとき、何とか妹に「肯定的に」答えるのである。

ところで、その後、家出し、森のほうに隠遁しようとする自分に一〇歳ぐらいの妹がどうしても同行するといってついてくる。主人公の少年はほとほと困ってしまう。そして妹を連れて、公園に行き、妹をメリーゴーラウンドに乗せてあげるのだが、すると、激しい雨が降ってくる。

ずぶぬれになりながら、主人公はじっと妹を見つめる。遠くからこの妹を「見守る」。すると幸福感がわいてくる。そこでこの小説は終わるのだが、一人の学生が、この最初の「守り役」のキャッチ(catch)と最後の「見守る」のウォッチ(watch)は、一字違うだけで、この小説のなかで対応しているのではないか、と言ったのである。

キャッチは崖から落っこちそうになった子供を、手で捕まえ、落ちないようにする。しかし、私たちは成長するとともに独立した人格になる。その独立性を尊重しなければならなくなる。押さえつけてはいけない。子供たちがメリーゴーラウンドから落っこちそうになっても「手を出して」はならない。我慢しなければならない。「見守らなければならない。

子供たちはそのとき、自分は「見守られている」と感じることで、信頼されていると、感じる。そして大人もそこで、人を信頼するとは何かを、じつは、学ぶのではあるまいか。

こう見てくると、サリンジャーは、ここに一つの子供でい続けることの断念、あるいは成長の劇を描いている。子供とのつながりを「キャッチ」するものから「ウォッチ」するものへと変えていく。そのような主人公の成長の物語が同時にここには描かれている、と見ることが可能である。

そこで成長しているのは、兄のほう、守ろうとするほうだ。同じことが教えるということ、考えるということについてもいえるのではないか。

馬を水飲み場に連れていくことはできるが、水を飲ませることまではできない。それから先は、「見守る」しかない。

しかし、辛抱強く「手出しせず」に「見守る」うちに、教える側も、何かを学ぶ。教えることが本来、双方向的なものであることを、その「待つこと」は私たちに教えてよこすのである。

考えるということについても同じだ。一番よいのは、人に助けられて考えること、というのがいまの私の結論である。

もう一人の自分をもつこと

（二〇一九年三月二日）

長いあいだ、ものを考え、言葉に書くということを続けてきて、自分について、思うのは、考える場として、つねに二つの場所をもってきた。そのことのもつ大切さである。

思う、という漢字は、田と心からできているが、この田は頭蓋骨を上から見たところ、心は、心臓を象《かたど》ったものだという。思うという心の動きは、脳の働きと心の働き、神経系と内臓系という二つのまったく異なる身体の場所からもたらされる働きが合体したもので、そこでは両者が、キャッチボールをしている。

だから、思うことは、計算することとは異なる。二者をもたないコンピューターにとって、もっとも苦手なことは、気持ちに左右されながら、優柔不断に「思いなやむ」ことだろう。

私はこれまで文芸評論家として社会的なことがらにだいぶ容喙《ようかい》する批評、論考をものしてきた。そのなかでもっとも社会を騒がせた書物の一つに一九九七年に刊行した『敗戦後論』があるが、この一連の社会評論については、よくもわるくも文学的である、そのために、わかりにくい、という評言がつきまとった。

私自身は自分を文学者だと考えている。だから、文学に専念すればよいところ、ひょんなことから、戦後であるとか日米関係であるとか憲法であるとかの問題に関心をひかれ、これらの問題にかかずらうことになったことは逸脱だともいえる。しかし、自分のつもりとしては、これらの政治的・社会的問題にこそ、現在の文学の問題が色濃く現れているように感じた。文学の価値を以前通りに信じて成立する文学世界では、あきたらなかったのである。

しかし、私の書くものが難解な言葉などほとんど使わないのにわかりにくいと評されてきたことには、私なりに思いあたる理由らしきものがある。

それは、右にあげたような社会的・政治的なことがらを扱うに際し、私のなかには、これらのことは大事だ、しかし、人が生きることのなかにはもっと大切な事がある、それに比べたら、こうしたことがらは、重要ではあるけれども、結局、どうでもいいことだ、というような「見切り」の感覚が、つねにあったということである。

それは、社会的なことがらがどうでもいい、ということではない。『敗戦後論』で私は二〇〇を超える批判を受けたが、自説を改めようとは思わなかった。堅持した。しかし、同時に、これは自分が生きることの一部にすぎない。窓の外にはチョウチョが飛んでいる。親子が公園を歩いている。もっと大事なことは、そちらにある、という感覚が、つねに私の脳裏を離れなかった、ということである。

それが、どんなに社会的なことを書いても、どうも私の書くものは文学的だ、明快でない、わかりにくい、といわれたことの原因だったろうというのが、私自身の解釈である。

いまは、病気をして、社会から隔絶され、人間にとって、何が一番大切なことなのか、というようなことを、考える。

浮かんでくるのは自分がキャッチボールをしているシーンだ。

ボールは、一人からもう一人へ、いったりきたりしている。だんだん日が傾いて、二人の影も長くなりながら、彼らのまわりをめぐる。キャッチボールは続く。

自分のなかに二つの場所をもつこと。二人の感情をもつこと。その大切さ。それが、いま私が痛感していることである。

私の友人にも似たことを言う人がいる。生物学者の池田清彦、解剖学者の養老孟司。彼らは虫マニアで、生活の拠点を都会と田舎と二つにもつことの大切さ、身体を手放さずに物事を考える大事さを強調してやまない。

自分のなかに、もう一人の自分を飼うこと。ふつう生活している場所のほかに、もう一つ、違う感情で過ごす場所をもつこと。それがどんづまりのなかでも、自分のなかの感情の対流、対話の場を生み、考えるということを可能にする。

それは、むろん、よく生きることのためにも必要なことである。

僕の一〇〇〇と一つの夜

詩人とは
一人でいようとする私のあり方にすぎない
フェルナンド・ペソア

〈凡例〉

¶作品の配列は、作品末尾に記された日付をもとに、成立順に並べた。日付のない作品は、作品のデータファイル作成日(乃至更新日)、および著者から瀬尾育生宛に作品添付されたメールの送信日付から、作品成立の凡その日付を推測し、丸括弧(year／month／day)に入れて各作品の末尾に付した。

¶作品の成立過程で、本文中にヴァリアントが確認されるが、本書に所収の作品は、すべて著者の最終稿の表題・本文を採用する。本文中の数字表記についても、著者の最終稿の表記のままとする。

¶「現代詩手帖」二〇一九年二～四月号に「僕の一〇〇〇と一つの夜」その1～その3として掲載されたさいのテクストは、ここに収録した「著者の最終稿」のあと、同誌への掲載のために、加藤・瀬尾で検討のうえ、さらに改稿されたものである。掲載にあたってテクストの確定・最終校正は加藤が行った。今回本詩集に収録するにあたって、編集メンバーの合意により、すべての作品を用字を含め「著者の最終稿」にもどして、これを決定稿とした。

詩のようなもの

僕の一〇〇〇と一つの夜

決闘

もう誰もいなくなったテニスコートで
僕は彼と決闘をする
観客席は人一人なく
ボールは白く
けれど少しずつ
ユウグレの色になじんでくる

もう誰もいないけれど
試合は熱気をおびている
ちょっとした打点の工夫
スライス

タッチ・アンド・ボレー
なども加え
何とか相手を戸惑わせ、だまし、
点数をもぎとるのだ

その間にも空は夕焼け色に染まり
電線が黒々と区画を区切り
もうそろそろナイター用の電灯が
一斉に点くはずなのだが
それまではまだ時間がある

この薄暗がりに
勝負を賭けようと
僕と彼は
ときどきいれかわりながら

一所懸命

秘術をつくして戦う

２０１８／１１／２４

鯖のミソ煮

今夜は鯖のミソ煮
妻がレシピを見ながら作ってくれる
私が所望し
妻が受け入れた

鯖のミソ煮がどんな出来か
それは作られてみなければ誰にも
わからぬ

下の階から
ごま油の炒めた匂い

牛蒡を煮た匂いがすると
洗濯物を取りこんだ
娘が報告する

洗濯物はだいたい
乾いている
11月の最後の土曜
満月の夜が
いま
はじまろうとしている

2018／11／24

弱いロボット

僕は弱いロボット*
すぐに転ぶように作られた
一度転ぶと立ち上がれない

ロボットというと人を助けることが目的だが
僕は人から助けられることが目的なのだ
へんなの
と
ときどきおもう

誰が僕を助けてくれるのか

僕を助けることが
その人にとって
どんなよいことなのか
助けられることで僕が
どんなふうにその人を助けることになるのか

わからないまま
僕は歩く
そして転ぶ
そのとき風景が僕の前に現れ
額でごっちん
僕を受けとめる

＊……©岡田美智男『弱いロボット』より
２０１８／１１／２５

お父さんの病気

お父さんが病気になった
病名はこわいゾ
透体脱落

身体がだんだん透き通っていく病気
この病気の怖いところは
身体がだんだん透き通っていくだけでなくて
その透き通った部分がだんだん
なくなっていくことだ
それが
透体

そして脱落
ということの意味なのだと
あの本には
書いてある

北極海から離れて
だんだん南下していく氷山のように
徐々に手足の部分から溶けて消えていくのだろうか

その前に
光り輝くタイタニックにぶつかって
夜の豪華客船を沈めたりして

2018／11／25

パジャマと私

私の代わりに
私のパジャマが吊されている
上半身と下半身は別にされて
部屋の鴨居に
針金のハンガーにかけられ
薄い二枚の半乾きの書面のように
並んでいる

手で触ると
気持ちがよい
夜には

このくしゃくしゃの私がすっかりと乾き
それから湿った私を身体のかたちにくるみ
鴨居の先の部屋の寝床に横たわる

まず下半身を
足を揃えて並べよう
それから、ずれないように
上半身を
頭がちょうど枕の位置にくるように
おさめるのだ

おお
泣くでない
おお
私たちはかくも多くの日々を

この手とこの胸とこの足をもって
駆け抜けた
多くの野を越え
谷を越えて

2018／11／25

マチュピチュ

鏡の前に立つ
よく見ると私は
イケメンではない
不思議な顔をしている
チチカカ湖の湖面に似ている

見下ろすと
霧に包まれたマチュピチュが
目を閉じている
眠っている

固い幾粒ものとうもろこしの
歪な歯並びの向こうから
ガタピシ道をたどって
やってくる草色の幌付きジープ

私は思わず
声をあげそうになる
すると
鏡が
顔のかたちにくもりはじめ
何も見えなくなる

おやすみなさい
マチュピチュはもはや雲の向こう
頭上の空は

満点の星

２０１８／１１／２６

今日の大久保一蔵

攻撃は
できるだけ
弱く受けとめること
打撃のほうが
受けとめる面よりも
強くなるように

僕が

世界のなかに
ただ

存在していること

そのことを
世界はまだ知らない

あの人は
息を吸うと
甘い味がするといった
シトロンのような
と

いつだって
その落差が
甘さなのだ

どんどん
どんどん
穴を掘ろう

泣くんでないぞよ
大久保一蔵

２０１８／１１／２６

私の愛する人

私の愛する人は
今日
小さい

矩形の木の台に腰掛け
ここから見ると
甃のうえに垂直に立ち
それでも
少し傾いている

私の愛する人は

今日
小さい

木の葉はみんな
下を向いている

埼玉県川越市小仙波町川越大師喜多院
あれはいつのことだったか

奥座敷の廊下におかれた
大きな棺のような徳川家の物入れ
私たちは
驚いた
というより
驚いてみせた

木の葉は木の先で
動かずにいる
下を向いている

二〇一八年一一月二六日
風は少なし

２０１８／１１／２８

寝床の中で

寝床のなかで
私とあなたは
互いに相手の石膏像を撫で合う

それぞれの石膏像が
暗がりのなかで
なだらかになり
やがて
ひとつながりの丘になる

ほうら

月が出ている
あれは
昼の飛行機雲が
まだ消えないのか

ひとつながりの丘のあいだを
川が流れる
その川を
月明かりのした
一艘のカヌーがくだっていく

寝床のなかで
私とあなたは
互いに手を伸ばす

それぞれの顔をなでると
カヌーは
川底の石をこすり
顔は丘に変わる

（2018／11／29）

引き出し

今日
朝起きたら
引き出しが開いていた

僕に何かを教えるように
三つ並んだなか
真ん中の二つ目が開いていて
日の光を受けていた

中には知らないものもあった
僕が以前入れた

ちびたエンピツは
赤い色が
褪せていた
妻が入れた裁縫道具の紅い函は
今日も鮮やか

引き出しは
きっと誰かが用事があって
開けたのだ

そして用事が終わったあと
閉め忘れたのだ
それで引き出しは
夜の間中
開いていた

何時間ものあいだ
これまでにない
経験をしていた

2018／11／29

猫

私の夢のなかを
猫が走る

猫が走る
猛烈に
柱を上り
天井をかきむしり
どんと下に落ちたりもする

走る
走る

猫が走る

私の夢が一本の木なら
猫は木のてっぺんで
動かなくなる
そしてそこで
下を見る

下を見ても怖くはないのだ
自分がどうなろうと
怖くはない

私の夢のなかを
猫が走る

走る
走る
どんどん走り
私の夢は
ずたずたになる

2018／11／30

虎

僕は虎ではなかったから
バターには
ならなかった

溶けたあと
熱いまま
薄く広がり平たくなって
坂を下っていった

麓の村は
見るも無残

耳を澄ますと
嗚咽
そのあと
小川のせせらぎ
葉のそよぎ

飴色の俺の夢の中に
一瞬のうち
一切が
一匹の蜂の姿になって
閉じ込められたが

虎ではなかった
だから痛くなかった

溶けても
バターにならず
何とかあいつの頬のなかばに
踏みとどまった

２０１８／１２／１

2001年宇宙の旅8K版

埼玉医大総合医療センター中央病棟の夜の宇宙を
8階建ての病院を貫いて
しずかに
2001年宇宙の旅8K版が
移動していく

見よ
宇宙の闇の中に何万と浮かぶベッド
その上に臥床するひとびと
それらがかすかにめぐる銀河系を
2001年宇宙の旅8K版は

無音のまま
進む

やがて
聞こえてくる
ヨハン・シュトラウスの「美しく青きドナウ」
何万のベッドが
星座のかたちに
音楽に合わせ
ゆっくりと踊る

眠れない夜
青きドナウよ
埼玉医大総合医療センター中央病棟の夜の廊下に
ワルツの音響は満ち

点滴の柱とともに
威厳ある人は歩み
病院の部屋と部屋のあいだを
2001年宇宙の旅8K版は
移動していく

おう
2018年12月1日の今夜
私たちは
死んでから
もう17年になる

2018/12/2

瀕死の隣人

私のベッドの隣りの
瀕死の人が
帰る看護師さんに
電気はつけておいて
友だちが来るんで
と言っている

瀕死の隣人は
夜のあいだじゅう
私のカーテン一つ向こうで
鼻血をだしたり

輸血をしたり
点滴をしたり
苦しんでいたのだ

おかげで私も昨夜は
眠れなかった
どんな人なのか
会ったことはない

友だちがやってきた
五人も
面会時間ぎりぎり
どんな友だちが
と思っていたが
思いの外快活な連中で

てんでに、どうだい、調子は
苦しいのか
と言うと
私の隣人は
「苦しい」
なんて素直に答えている

利尿剤を点滴に入れていたので
何遍もナースコールをして
車椅子で
トイレに通っていた

そうか
苦しいか
大変だな

私は
天を見上げている
杞の国の人よ
安心せよ
天は落ちてこない
ほら
しっかりと
我らが天は
ビスで止めてある
これなら
嵐が来ても
大丈夫

2018／12／3

たんぽぽ

うん
たんぽぽ

私たちはみな
死んでいる
生きているというのは
間違いなのだ
私たちは
みな
死んだ人の
夢なのだから

そう
たんぽぽ

死んだ人が死ななかったら
私たちはいなかった
私たちと死んだ人たちのあいだには
超えることのできない壁と
秘密の回廊がある

その秘密の回廊は
誰の中にもある
そこで
死んだ人と
生きている人が

出会う

ふたりは
それと気づかないまま
すれ違う
同じ人なのに
気づかない
信号の色が変わるのに
気を取られている
彼らはすれちがう
彼らは気づかない
信号の色が変わると
秘密の回廊は消える

ときおり

たまらないようにして
私のなかからもうひとりの私が
私を脱ぎ捨て
どんどんと先に走っていく
そんなとき
秘密の回廊のドアは
ばたんと鳴る

残された私は
死んでいるのか
生きているのか

顔のところだけワタゲになって
風に揺られている

ねえ
たんぽぽ

私たちはみな
死んでいた
生きていると思っていたのが
間違いだったよ

私たちは
みな
あの人の
夢

死んだ人が死ななかったら
いなかった

あの人たちの
夢なのだ

さあ
たんぽぽ
飛びなさい

2018／12／4

曇った空

二階の窓からは
曇った空が見えた
私のいるところからは
空が大部分だった

窓の下の方に
少しだけ
床屋さんの櫛にすかれた
髪の毛の延びたギザギザの部分みたいに
林の木々の上の方
3階建ての建物の階上部分

高圧線やその鉄塔や
などが見えていた

ほかはみな
曇った空だった

私は小学校の頃に通った床屋のことを
思い出していた
通りがひょっと曲がるそのかどにある
それだからではないだろう
でも名前は「ひょっとことこや」
そう私たちは呼んでいた

私はひょっとことこやになって
櫛の上の部分をはさみで

刈り込んでいった
刈り込まれたところは
切りそろえられて
窓の下に消え
あとは一直線の空だった

私は
その二階で
友だちと話しているのだった

話しながら
友だちの顔の向こう
友だちには見えない窓の上のギザギザを
私は

顔を左右にずらしながら
あの床屋の上半身の動きで
ためつすがめつして
揃えていった

電信柱の上三分の一くらい
広告看板のかどのところ
工事現場のクレーンの突端部分
などが切られた

話が終わる頃には
窓の外の景色は
全体が空になっていた

やはり曇ったまま

そこを
あれはかもめだろうか
白い鳥が二羽
とおりすぎた

髪を切り揃えられた世界が
少しだけ新鮮になって
どこかから
私を見ているはずだった

2018／12／7

透明人間は病気になるか

問い　透明人間は病気になるか
答え　なります

僕が入院したとき
僕の隣のベッドの主が
透明人間だった

膵臓を病んでいた
真夜中
その声を聞いたが
寝返りを打って

低く
「イテぇ」
と呟いていた
だいぶ年をとった透明人間だった

そう
透明人間だって年をとる
そこは
われわれと同じ
CTをとると、人間そっくりの画像が現れる
それで膵臓の病根が見つかった
そりゃ人間だから
そうでなくちゃならない

ときどき家族が会いに来ていた

家族もだいたい透明人間だった
帽子をかぶり襟巻きをし大きなマスクをしているから外を歩いていても
　誰にも気づかれない
でもマスクを外すと
向こうの壁が見えるので
僕にはすぐにわかった

子どもも
そうだった
晩婚だったのだろうか
子どもたちはまだ幼かった
一人は女の子で
赤い手袋を脱いだら
華奢な糸模様のブレスレットが浮かんでいた
もう一人は坊やで

帽子にマスクに手袋
着ぶくれの様子で立っていた
でも
透明人間に決まっている

と
そう思っていたのだが
どうもこの末の子だけは
不透明なようだった
あるとき
患者の談話室で
一人の男の子が窓の外を見ていた
その子の帽子が
透明人間の家族の坊やのそれと同じ
特徴のあるとんがり帽子だったからだ

「透明だと何が困るかおわかりですか」
ある夜
透明人間は私に
尋ねた
あることがきっかけで
私たちはカーテン越しに
時折り低く
声を交わす仲になっていた

「何でしょう?」

「顔がないことです」

「……」

「これが一番つらい」

「……」

透明人間の家族はじつに魅力的な声をもっていた
そして互いに
脇で耳にするのが心地よい
少し他人行儀に近い古風な話し方をしていた

声を聞けばすぐに家族の誰かわかったし
彼ないし彼女がどのような感情を湛えているのかも
よく感じられた

透明人間が死ぬと
どうなるのだろう
僕は知らない

僕の隣人は

ある日
急にいなくなった

朝
起きたら
隣のスペースは空になっていた
その夜僕は珍しくぐっすりと眠っていたのだ

2018／12／10

半分

そうだ
これまでが半分だった

生きてきたことも
考えてきたことも
感じてきたことも
すべて
これまでが半分だったのだ

沖縄の先島諸島の宮古島のその先の小島
大神島の海を見下ろすゆるやかな丘陵地帯を

ヒガさんに案内されて
僕たちは
わらわらと登っていった
草の茂る丘のさらに急崖となっている難所を登り切ると
そこはもとの隆起した海岸段丘にできた洞窟あとで
そこに敷き詰められた丸くて白い石と一緒に
風葬で葬られた人々の白骨、頭骨などが
静かに横たわっているのだった

あるとき
僕の中で半分が
そんなふうに
僕の知らない闇夜のなか
いつか
海の見える場所にまで

運ばれたのだ

そこで
僕の半分は
33年後
残りの半分が
会いに来るのを
待っている

そこは
島のとっておきの場所
一番日当たりのよい
海が美しい南面で
急崖の先
なだらかに海まで続く丘陵に

牛と馬とヤギ
が放牧されている

いつも
半分しかわからない
残りの半分は
その時が来ないと
わからない

そして
その時がきて
もう半分の意味が
わかったとしても
だから
えらいということではない

僕たちは
ただ
笑いあう
相手が誰かをわかる
それがわかるということなのだ

２０１８／１２／１１

僕は田んぼ

田んぼが月夜のもと
どこまでも広がっている

千枚田のように
何面にも連なって
月夜のしたで
光っている

それは
僕だ

どこまでも広がっている
川があると
さすがにそこでとぎれるが
川の向こう岸から
また続いていく

僕は広い
どこまでも続く

田んぼに月夜のもと
冷たい水が少しずつ流れ込んでいる
田んぼの浅い水のなかで
タニシがゆっくりと動く
ぼくはじっとしている

僕の中を冷たい水が少しずつ一枚、一枚、移動していく
僕は静かにしている

お日様は照らない
お日様は照る
僕の上をお日様が
何度もめぐる

僕は田んぼ
どこまでも続き
僕の中で
タニシがごそりと動く

田んぼには

田植えされてほどない苗が
つんつんと
生えている

風が吹くと動くかと思うのだが
アニハカランヤ
動かない

お日様は照らない
お日様は照る
僕の中をかすかに一つから一つへと
冷たい水が移動する

2018／12／12

ホワイトアルバム

ビートルズが歌っている
4人のうち2人までが死んでいるのに
今日も4人で
いいな

死んでいるメンバーが2人
生きているメンバーが2人
ビートルズが歌っている
4人で

僕は聴いている

年を取り
左の耳が少し聞こえない
でも両耳にイヤホンをあて
頭の中で
バランスを取っている

最近翻刻のホワイトアルバムは
生者と死者の混声

2たす2は4
2かける2も4
ビートルズとは
関係がないと思うが
そんな数式も
頭に浮かぶ

ジョン
こんにちは
もういないのに
今日も
あなたに
勇気をもらう

あなたがニューヨークで死んだとき
僕は
モントリオールで働いていた

ジョージ
こんばんは
あなたももういない

でもあなたの生き方に
今夜も
教えられる

妻のパティをめぐるクラプトンとの関係は
クラプトンの4歳の子どもが
亡くなっていることもあり
僕には
忘れられない

おお
今日も僕の耳の中で
ビートルズは歌う
いいな

いいな
半分は死んでいる
そして
半分は生きている
今日もビートルズは歌う
いいな

いつのまにか
僕の口も動いている
はじめて
あなた方の歌を聞いたときは16歳
山形にいて
そのときにはガキが
ただ
ぽかんと口をあけていたのだが

いいな
その口が
生意気にも
54年たつと家族持ち
そう呟いている

2018／12／13

疲れたと声を上げると

疲れた
と声を上げると
誰かが遠くで顔をあげる
ひまわり畑が
どこまでも続いている
久しぶりにお日様を拝んだが
暖かかった
魚が浅いところを泳いでいく

小さな魚が
何十匹も
いる

あれは
二年前
タイの島で見た景色だった

疲れた
と声を上げると
私の引き出しに仕舞われたおびただしい写真のなかの一枚で
誰かが振り向いて
私の顔を見る

メコン川の川下りでは

居合わせる若者の嬌声のなか
茶色に広がる濁流を
一つだけ流れる
空のペットボトルを見た

もう
海まで
着いただろう

（二年も前のことだ）

あの日
私の腕の中で
眠ってしまった仔猫は
いま

どこのタイの村の家の
玄関先の土間の日だまりのなかを
歩いているのか

空はどこまでも青く
人々は笑い
ワインは美味しく

疲れた
と私が呟くと
誰かが顔をあげ
私のほうを
じっと見る

2018／12／14

頭を垂れて

ブラームスを聴くと
親父を思い出す
いつも喧嘩をしていたのだが

家族から離れて
だいたい自分の部屋で
音楽を聞いていた

ブラームスのほかに
都はるみ
北島三郎もいた

ラフマニノフなんてのも
あったかな

部屋の鴨居には
喫茶店のマッチの箱が
並んでいた

狭い書斎は本に囲まれていた
今の今まで気づかなかったが
若い警官のころ
安い月給をやりくりして購ったのに違いない

いつも喧嘩していた
最後まで喧嘩をしていたのだが
思えばメンドーな息子をもった

気の毒な親父であった
ブラームスを聴くと
思い出す
おお
ハンガリアン・ラプソディ！
頭を垂れて
いつまでも
聴いていたいと思うのだ

（2018／12／14）

深いところには

水は上から下に流れる
知ってるよね……

だから下の方
深いところには
水が流れている
そこでも水は
上から下
深い方へと流れている

ときに

とだえ
滞留しながら
旅している

もっと深いところでも
別の水が流れている

私の底で
二つの水の流れが交差する
耳をすますと
その音が聞こえる

合流ではなく
交差

水は地下鉄のように
うまく
衝突をさけている

水が流れる音がして
その音がとぎれると
そのまたむこうで
別の水が流れている

ピノキオが寝息をたてている
そのむこうで
ピノキオを飲み込んだクジラが
ぐっすりと眠り
やはり静かな寝息をたてているように

深い水の流れのむこう
そのまたもっと深いところを
もっと大きな水が動いている

自分の中に迷路をつくり
その中に入っていくひと

君の知っている人は
いま
どこを旅しているのか

昨日
手紙が届く

それは

誰から？

水は
どこから？

火のような恋が
いまは君のなかで死火山となり
深い地底湖となっている

さあ
思い出せ

君が前に
泣いたのは
いつか

今日も水は流れている
誰にも聞こえないけれども
深いところを
流れているのだ

2018／12／15

君は丘の上にひろがる

あのとき
訪れた墓をおぼえているかい
兄弟の墓さ……

海辺の墓もあったね

ああ
海が見えた
ヨットがいっぱい揺れていた

街に降りていくと

素敵な本屋があってさ
屋内は暗くて
書架にはしごがかかっていて

輝く前面の
ショーウィンドーには
羊皮紙の聖書が二冊

生まれたとき
死者なんて知らなかった
やってくるべき生者を迎える用意で
手一杯だったのだが

いつのまにか

君の中には
死者がいっぱい

気がつくと
君は
丘の上にひろがる
大きな墓地になっている

そして
そこには
アライグマが住んでいて
夜になると
すたすたと歩く

我が物顔で

落ち着き払って
手には花

まるで
その先に
自分の愛する者が眠っているかのように

2018／12／17

真夜中へ五マイル

僕は二時間の映画なのだ
いま一時間半がすぎたところ
物語は
最後のどんでん返しに向かって進んでいる

観客席はがらがら
でも見ている人は
熱中しているみたいだ

僕は動かない
僕というがらんどうの建物のなかを

最初に音楽
次にコトバが通り過ぎていく

僕は音楽を耳にしながら
目をつむっている
セリフがわからないのは
外国の映画だからだ

僕は外からくるオトを聞きながら
塩になる
塩は最初僕のかたちをしているが
やがて
耳と鼻から
崩れていく

僕は動かない
僕という通りの空を
雲は飛び
その下を黄色のバスが走り
その傍らを
自転車が何台も
すばしっこく
通り過ぎる

落ち葉のある歩道を
肩幅のある女たちが
歩いていく

僕が何を考えているかなど
誰が知ろう

映画が何を考えているかなど
誰が知ろう

歩く人が何を考えているかなど
誰が知ろう

道路が何を考えているかなど
誰が知ろう

僕の中で信号が赤から青に変わると
車がすべてはけてしまう
通りはがらんどうになる

まっすぐの道路

正面に見えるのは一面の空
映画はいま最後の一五分にさしかかるところだ

2018／12／18

ムーミン

よし行こう
すぐにも出発しよう

犬を橇につないでくれ
台の脇にはランタンを灯してくれ
急げ

どうしてかはわからない
でも話はそうと決まったのだ

雪の降りしきる中を

僕たちは駆けた
犬が16頭
橇は2つつなぎで

犬たちは吠えなかった
かすかに唸っただけだった

そう
そこからは
誰もいなくなる
記憶がきえる
ムーミン

ムーミン谷はすぐとなり
君たちの世界からは

いなくなったように見えるが
ひょいと横の路地に入ると
そこが
雪につつまれた
静かな谷だ

そこでは
いることはいないこととといっしょ
あちらの世界にいないことが
こちらの世界にいることで
みんなが世界の不在を楽しんでいる

午前六時半
すっかり朝が早くなった僕は
窓辺で顔を洗う

顔を拭くのは娘にもらったムーミンのタオル
表にはムーミン谷の住民がムーミンといっしょに配され
裏を見るとそこには
ムーミンだけがいる

世界を表から裏に貫くもの
それがムーミンなら
許す

世界でただひとり世界をささえるもの
それがムーミンなら
許す

世界を認めながら世界に背を向ける者
それがムーミンなら

許す

僕たちは吹雪のなかを突っ切った
あちらの世界から
こちらの世界へ

2018／12／19

孤独になるには

孤独になるには
旅に出るのがいちばん
と国定忠治はいう

でも
どこにもいかないことも
孤独だよ
二人で一緒にいても
孤独だよ

ああ
そんなことが
あったなんて

芝生の公園はどこまでも続き
そこを僕たちは歩いていった

孤独とは
ふいに自分が
もう世界の住人ではないと
わかること

山に登ると
気分がいい
と沓掛時次郎はいう

でも
何にもしないでいるのも
気持ちがいいよ

身体を草の上に横たえ
空を見るんだ

ああ
そんなときが
あったなんて

振り返ると
街には
天気雨が降っている

石畳がひかっている

坂の向こうに
赤い車が止まっている
その傍らに
青い道路標識

坂道を
僕たちは
駆け下りていった

笑いながら
ねこじゃらしを振り回しながら
スカートを揺らしながら
帽子を手で押さえながら

いくつもの
水たまりをとびこし
いくつもの
角を曲がり
橋を過ぎて

2018／12／20

体育館

建物の西の側は
しめっていた
僕はあまりそこにはいかなかった

陽の光があたらないうえに
すぐに金網があって
何の使いみちもなかった

最初に
体育館を建てたときから
そうだった

誰もそれでおかしいとは思わなかったのだ

それでそこには
いろんなものが落ちていた
絵本の色の褪せたページみたいなものとか
空のペットボトルとかタバコの空き箱とか
ほかに
名前のわからない草も生えていた

昔は不良仲間が集ったらしい
でもいまとなっては
誰もそこにはいかなかった
行く必要がなかったからだ

町にゲームセンターができたいま

だれがいったい
日の差さない
体育館の裏側に
いくものか

体育館に西側があることすら
もう誰もおぼえていなかった

風が吹くと
名前の知らない草が
いっせいに動くのだった

2018／12／21

オーロラ

ヒコーキでいきたいのは
あそこ
北極圏の遠い町

あそこまでいくと
久しぶりに
あの子に会える

なんていうところだっけ
あの子は
オーロラを見に

行くって言っていた
そこに行けば
きっと
会えると思うんだ

夜の空には
大きなゆりかご
オーロラ
ゆらりゆらり
空に浮かんだ
サーカス
マリア

トロムソの山の写真
ありがとう

前の年
一緒に行ったロフォーテンの南端の島の
ポーが小説に描いたあの
大渦巻
すごかったね

崖の上に二人して
足をぶらぶらさせて
見下ろしていたけど

いつまで待っても
現れなかった(笑)

代わりに夜になって
オーロラ

僕たちは
大渦巻を
底から見たのさ

オーロラ
ゆらりゆらり
空に浮かんだ
サーカス

2018／12／22

怪物くん

怪物くんになりたい
フランケンとドラキュラを従えて
ゴビ砂漠を横断するんだ

悟空は
いなくていい
どこかの空を飛んでいてほしい

さて
何を探しに行こうか
テンシャン山脈を超えて

あの高い山の向こうには
何があるのか

僕たちが
近づくと
あの山は
夏なのに雪を降らせて
前に進めなくする
いじわるする

雪は
あっという間に僕たちのからだをつつみ
僕たちのからだの温度を下げる

もっと近づくと石が飛んでくる
礫が僕たちの頬を打つ
僕たちはくじけそうになる
からだが壊れそうになる

でも
やはり
怪物くんになりたい

天竺に行くんだ
フランケンとドラキュラを連れて
フランケンとドラキュラが喧嘩する
眠ろうか
いや

眠っちゃいけない
眠ることに関するツレたちの深遠な対立

雪に埋もれながら
フランケンはドラキュラを小突こうとし
ドラキュラはフランケンに噛みつこうとする

二人
だまりなさい
だって
僕たちは
どこが顔で
どこが手足か
わからない
どこまでがきみでどこまでが僕かも

もう
わからない

僕は低い丘
フランケンは真ん中の山
そしてドラキュラはその向こうに広がる黒い森

できた三つの丘陵の広がりを
ほら
トンネルから出てきた小さな電車が
ピーと音を立てて
すぎていく

誰もいない
キラキラした雪原の上空

ひとり
人口衛星の高さを筋斗雲でいくのは
悟空だ

悟空は
勝手に飛んでいなさい

これからの予定
われわれ
苦しみ抜いて
山の崖のはざまを抜け
天竺に出る

一六年後
ありがたい言葉の群れを

持ち帰るのさ

2018／12／23

日曜日

どこかで
鳥が鳴いている

いやいや
あれは
スマートフォンの着信音……

テーブルの上には
いつもの花瓶

花瓶のもとで

南天の実は
赤い

ああ
今日は日曜日
誰もがぐっすりと眠る日

どこかで
冷蔵庫が音をたてている
あれは
電気仕掛けで眠っているのだ
壁の上で
時針が音もなく動く
電気は
日曜日も働いている

眠れ眠れ
冷蔵庫の中のキャベツ
眠れ眠れ
僕の中の言葉

猫があくびをする
それから
一拍をおいて
僕があくびする

日曜日
庭の片隅
桜の木の根もとを
蟻が一列になって

移動している
僕はそれを見下ろしている
と
どこかで
鳥が啼く
いやいや
あれは……

2018/12/24

眠りの達人

猫が
丸くなろうとする
正確な円に
近づこうとする
あれは
どのような気持ちなのだろうか
前肢の間のくぼみに
湿った鼻先をおしつけ

その輪がほどけそうになると
もういちど
おしつける

それから
力を抜いて
猫の形にもどる

あのとき
どういう気持ちなのだろうか

猫は眠りの達人
どこでだって眠る
左右の耳を動かし

夢を見ている

どんなに高いところでだって
せまいへりでだって
猫は眠る

そして気がつくと
どこにもいない

冷蔵庫のてっぺんにも
本棚のうえにも

猫の立ち去ったところには
かすかなへこみと
ひとときのぬくもりだけがのこる

しかし
その座布団のへこみもいつのまにか戻り
そのぬくもりも
やがて昼の日なたにまぎれる

猫はどこにもいない
ある日消える

水はコップのなかで澄んでおり
海も今日は波音をたてない

いなくなると
もう
ほんとうに
いなくなる

世界のどこにも
どこにもいなくなるのだ

（2018／12／25）

君の場所

アラスカに雨が降る
その雨に打たれて
カリブーが移動する

アラスカに雨が降る
その雨の中
ユーコン川が流れる

どこにも行けないことと
どこにだって行けることが
重なる

そういう場所に
雨が降る
音もなく
雨が降っている

私はその雨を見る
雨の向こうの景色は
ぼやけている

その向こうを
カリブーがすぎ
ユーコン川が流れる

聞こえるかい……

聞こえるよ
そうさ
ここにいるのだ
ここが君の場所なのだから

（2018／12／26）

小さな穴

ざらめ雪に
小さな穴があると
それは
冬眠するクマの呼吸穴だ
ただの穴のように見えるけれど
そこを
クマの夢がいったりきたりしている
穴は
かすかにまがっている

その穴の軌道を
生あたたかいクマの寝息が
まがりながら
アプト式に
上昇していく

眠りながら
息を吸って吐くこと

その基本的で
自然かつ不規則な繰り返しが
精妙にくねる穴を穿ち
正しい仕事をやりとげるのだ

周りは灌木地帯

雪がかすかにうねりながら広がる
その二メートルしたにはこんもりと暗い空洞がある
奥で
クマがうつらうつらしている

ある日君は
自転車に乗っている
道が下り坂にさしかかると
街が眼下にひろがる

ペダルから
足を離す
自転車が加速すると
うれしい

ある日君は
高台から海を見る
その名も
港の見える丘公園

手をかざし
沖を見る
船が小さく見えると
うれしい

世界は望遠鏡のなかを
いったりきたりしている

ざらめ雪に
小さな穴があいているとき

（2018／12／29）

石鹼箱

石鹼箱がカタカタとなって
僕は夜道をいそぐ

ぼくの傍らを
カエルが追い抜いていく

僕は湯冷めすることを恐れている
でも
カエルは
湯冷めなんか
へのかっぱ

とても僕などでは相手にならない
コオロギにも追い抜かれてしまう

コオロギはぴょんぴょん
この季節は得意でないはずなのに
偉大な跳躍力はなお健在
とてもあの脚力には
かなわない

石鹸箱がカタカタとなって
僕は家路をいそぐ

もう僕の周りにはだれもいない
街の明かりも見えなくなった

山のてっぺんに銭湯がある
火山にできた自然温泉の大銭湯なのだ

とっても気持ちがよい
みんなが入る
でも帰りが大変

僕はいそぐ
いまは
スキーに載って

ほら
街の明かりも見えてきた
あとはゲレンデを一直線

家では
妻と娘が
猫一匹を従えて
僕の帰りを待っている

（2018／12／29）

飛行場

その野原をどこまでもいくと
森があります
森を越えると
また野原が続きますが
もっと行ったところに
その飛行場はありました

飛行場は昔はずいぶんと広いもののようでした
滑走路が南北にメインに二本並行して走っているほか
東北から南西にも走っていました

その広い飛行場の北の側に
整備部門を司る四角い建物がどこまでも続いていて
それは飛行機の格納庫をも併設しているのでした

いまではこの整備用の建物はすっかり忘れられ
誰も訪れる人はなく
建物もいたみきって
ところどころで窓のガラスは割れ
屋根も嵐がくるたびかならず
ガタピシと音を立てどこかしら破損する始末でした

そもそも
飛行場の存在をおぼえている人が
どれだけいたか
わかりません

その広大な飛行場の
さらに北の片隅に広がる
廃れきった整備の建物ですから
誰も訪れようがなかったのです

でも
気がついたら
僕はそこにいました

夜になると
その飛行場には
いろんな飛行機がやってきます
翼だけの飛行機

胴体が半分になったままの飛行機
尾翼を失い錐揉み状に降りてくる飛行機

なかには
機体はもう存在しないばあいもあり
そんなときは
飛行士だけが
空から
静かに着陸態勢に入り
静止したあと
見えないタラップを降りて
地上に降り立ちます

下半身のない飛行士もいます
頭部を欠いた飛行士もいます

建物の
さらに一番はじは
療養施設のようになっていました
バルコニーの階段に腰をおろして
そんなふうに空から降りてきた飛行士が
ときおり
タバコを吹かしています

夕方になると
時刻どおりに
太陽が沈んでいきます

そしてそれから
にぎやかな

夜になります

（2019／1／3）

挨拶

あのとき
きみと
すれちがったね

一夜の仕事の末に
夜がしらじらと明けると
カアテンを透かして
陽の光が漂ってくる

しばらく
カアテンのむこうで

外の光が部屋に入るのをためらっているが
カアテンが引かれると
部屋は外光にみち
やがて
部屋の電気が消される

きみは入ってきた泥棒を見るように
目を見張っていた
恐怖がきみの顔にはりついていた
なにやら口が動こうとしていた

あのとき
スイッチが降りようとしていたからね

ぼくは

挨拶したかったんだ
さよならって

（2019／1／5）

広場

町には
広場があって
役所の正面には
大時計が掲げられているのでしたが

その時計は
とまっていました
犬が

広場を横切っていくのが
広場に面した建物の上の階から

見えましたが
ほかには
誰も通りません
広場のかたちは
四角でした

まわりを
マロニエの木が等間隔に
立って
区切っていました

時計はとまっていましたが
マロニエの木のまわりを
マロニエの木の影がゆっくりと

めぐりましたから
ときの経つのがわかりました

曇った日にも
ときの経つのは
わかりました

マロニエから
一枚また一枚と
葉が落ちていったからです

広場には
何も起こりません
ただ
時間がすぎていくのです

上から見ると
さほどではないのに
立つと
広く感じられました

（2019／1／6）

鳥

友だちから来たメール
毎朝
家族で海辺に借りた家に鳥が来て
水に砂糖を入れろと要求する

その写真を見て
きみは書く
そのうちの一羽は
オレ
どうぞよろしくね

友だちの故国は
ポーランド
きみは思い出す

たとえば
ロマン・ポランスキの最初の短編
「タンスと二人の男」
あるいは
クラコウの裏通りの
町の人の憩うカフェ

友だちはアメリカ東部に住むアメリカ人で
ポランスキの短編に出てきたのと同じ
タンスの写真を送ってくれる
お母さんが本棚として使っていたもの

去年はイタリア北部トリエステ郊外の山中の別荘からの眺め
今年はカリブ海のグアドループ島のヴィラの鳥たちの写真

そういえば
きみはクラコウで針金とブリキ細工の鳥かごの形のランプを買った
針金がかごでブリキが鳥

アウシュビッツはクラコウから
列車で四、五時間かかる

きみは
名高い収容所の
喧騒を避け
隣りのビルケナウに移動する

炎天下
人っ子一人いない池の脇の道を
ひととき
飛ぶ

（2019／1／8）

ダンス

耳を澄ますと
一つのリズムが聞こえる
何かの棒で
何かの板を叩く音

いやそうではない
あれは
人の足が
大地を叩く音

大地には

草が生えていて
その先が震えている

どこにも行き場がなくなったら
ダンスせよ

鉛の箱が
密閉
鎖錠されて
マリアナ海溝を沈んでいく

あれは
哀れ　脱出に失敗した
世紀の大魔術師フーディニ

でも耳を澄ますと
もう出られない鉛の箱から
同じダンスのリズムが聞こえてくる

どこにも行き場がなくなったら
そこで
ダンスせよ

（2019／1／9）

涙

涙は
なぜ
流れるのだろう

涙は
どこから
くるのだろう

それは私には目もくれず
私をとおりすぎて
前方に走っていく

なぜ涙は
あふれてくるのか

私は泣く
私は許され
身体を前方に傾ける

前方には
もう一つの身体があり
その身体は
背を前にかがめ
泣きむせんでいる

（2019／1／10）

雪

気づいたら
僕は
死んでいた

まわりでは看護師さんたちが
肩を寄せあい
僕を落胆の思いで見下ろしている

死の知らせは
すでに家族に届いている

妻よ
安全運転を心がけよ

珍しい降雪
スタッドレスを履いているとはいえ
この時間
富士見川越道路は
渋滞の時刻
おまけに昨夜から寒冷前線到来
橋は凍っている

娘よ
しっかりと
ハハを守れ

そう
気づいたら僕は
死んで
雪になってふっているのだった

（2019／2／10）

はじめての歌

はじめての歌

雲が飛んでく
君でも僕でもなくて
雲が

僕らは
いったん
君でも僕でもないものになって
はじめて
もう一度
出会うのかもしれない

君が君でなくなる
僕が僕でなくなる
そのとき
出会うのかもしれない

君が死んだとき
僕は
残された自分に何ができるのかと考えたが
問いは答えにたどりつかなかった
僕にはわからなかったのだ

愛する者が死んだときには……
おお
愛する者が死んだときには

僕の前を流れる川
そこを時おり
白い船がすぎる

コップのなかを気泡が上っていく
その速度で
船が横切り
君が空を渡る

僕は昔
生まれながらの詩人について
何年間もかけて長いエッセイを書いた

その頃生まれた君は
成長して

自分の名前の由来を僕に何度か聞いた
そのたびに僕は
その語が
生まれながらの詩人の詩の中にあるのだ
と答えたが
君はどこか訝しそうだった

君のことだ
そのことにどんな意味がある？
と思ったことだろう

そう
そのことには何の意味もない
そんなことには何の意味もないことを思い知るところまで
僕は道をたどりなおさなければならない

愛する者が死んだときには
手を垂れ
頭を空に向け
ただ立つ
姿勢をもちこたえるしかない

答えのないことを
透明な水に満たされた洗面器のごとく
両手で支えるしかない

愛児が
一歳と二十三日で死んだとき
生まれながらの詩人は
死児を抱いて離さず

彼を説得して納棺するのに
故郷から母が出てこなければならなかった

君は三十五歳で不慮の事故で死んだが
僕が死んだ君に会ったとき
その建物の玄関に
早朝からの雪は
なおやまずに降っていた

雲が飛んでく
僕に残されたものは
僕の絶望と正確に同じ
一個の角砂糖のかたちをした
小さな希望

水に入れればとけ
絶望でも希望でも
君でも僕でもなくなる
ひとかけの希望

（2019／2／25）

あとがき

2018
11.24
――
2019
5.16

詩のようなものを書いてみた。
プラス
はじめての歌一篇。

*

なお、この闘病期間にわたり、埼玉医大総合医療センター血液内科の木崎昌弘教授、高橋康之先生、9階東病棟の看護師長　鈴木むつ子さん、看護師の畔上めぐみさん、松山友理子さん、佐藤菜々美さん、鈴木英理子さん、リハビリの小林大祐先生、のお世話になった。

また畏友、聖路加国際病院顧問　細谷亮太氏に尋大な助力をいただいた。

名を記して感謝します。

この本の作成にあたり尽力いただいた長年の友人　瀬尾育生、荒尾信子、ならびに井上迅氏に深く感謝する。

加藤典洋

〈編註〉

この「あとがき」は、二〇一九年五月はじめに書かれ、厚子夫人に託された。冒頭の二つの日付のうち後のものは、著者逝去の日付。遺志をうけて、著者没後に夫人によって記された。

解説

荒川洋治

加藤典洋さんは一九四八年、山形で生まれた。ぼくは一つ年下で、同世代ということになる。ぼくが初めて見た加藤さんの文章は、「現代の眼」などでの状況論だ。また、そのころ他の雑誌でも加藤さんの文章が掲載されていた。末尾に「フランス文学専攻」という肩書が小さく載ったこともあったかと思う。まだ知られていない若い書き手が、文章を書くときに「……専攻」とすることが、そのころからの慣例だった。これから活躍する人なのだなあと、なんの専攻もしていないぼくは、うらやましく思ったのだった。それから三〇年ほどたった二〇〇二年前後、よく会うようになった。加藤さんの企画によるシリーズ『ことばのために』の著者の一人に、ぼくを選んでくれたのだ。

それから一五年ほどたった、ある日、月刊誌「図書」を見たら、加藤さんの「大きな字で書くこと」という題の、一頁のコラムが始まっていた。短いものだが、青春期を回想している空気がある。その次の回も見ていくと、どうもこれは自伝のようなものらしい。「斎藤くん」とか「大きな字で書くと」などの毎回の題は、なかなかふるっていて、短いこともあり、思わず読んでしまうことになる。回想する年ではないのに、と思う反面、加藤さんには、ふさわしい表現形式なのかもしれないと感じた。何かを書くようなそぶりを見せて、さほどのことは書かないのに、それでいて行きとどいた、気持ちのよいものになるのだろうと、その簡素な文章に魅せられていった。

ただし、警察官だった父が、「特高」となり、名高い教育者を逮捕したという事実。その経緯を描く「父」その1から4と番外、合わせて五章は、ぼくにとってもとても衝撃的だが、断片で、一回ずつ出てくるので、深刻さもいくぶん和らぐ。こういう形式をとる文章でしか、書き表せないものだろう。他に、学生運動にかかわったこと、友人たちのおもかげなど、ぼくはいまあらためてそれらの文章を読みなおし、いささか早すぎると思われる自伝が彩りを加えていくようすを目におさめる。淡彩な文章がかえって、見えるもの、見えにくいもののありかを感じさせてくれる。

この世代の共通項は、比較的平常な育ち方をしたこと。父は、戦争を体験していることが多い。大学で、社会を感じとり、当時の体制に異を唱えて、種別はあれど、なんらかの行動をとる。当時の余韻のせいで、後年、社会に収まっても、何かをしていなくてはならない気持ちになる。ぼくはもし自伝のようなものを書くとき、アイデアのようなものは見つからないと思う。同世代で書くことを選んだ人にとって、いま述べたことはごく普通の道筋なので、敢えて、自分は他の人とはちがって、このような生き方をした、というふうには書けないのだ。だから自伝を書く意味はない。もし書いたとしても内容は希薄だろう。加藤さんは、批評家であり、そうもいってはいられないので、書く。初めは、そうであったかもしれない。そのうちに、この形は自分に合っていると思い始めたのかもしれない。

前記の「斎藤くん」や、「森本さん」「船曳くん」「多田謡子さん」「橋本治という人」「青山毅」などを読むと、加藤さんには、濃淡はあれ、忘れられないことがあるのだ。その思い出を、個人的な、あるいは社会的な意味合いを通して淡々とスケッチする。人の選び方をみると、加藤さんなりの流儀が感じられる。思い出一つ書くときも、センスのよい人だとあらためて思う。そこに特別なものがあるわけではない。文章を長く書いていると、急に、とてもさみしくなるときがあるもので、何かに少しだけ身を寄せたいときがある。実在の人や、読書のなかで出会った人だ。回想文は、そうした感傷の現れのようにも思える。それにしても、加藤さんの心の風景は晴れている。いい文章ばかりだ。

「大きな字で書くこと」の後半は、「私のこと」の題で六回。そこで、このコラムは閉じられた。多分、「私のこと」は、病気になってから書かれたのだ。自伝風の読み物なのに「私のこと」と、わざわざ記すのは、これからの時間を意識してのことだろうが、とてもいい題だ。ここにさしかかる前までは、自分というものの外側にいた人たちのことを主に書くつもりだったのだろう。「私のこと」を書くことは、予想したコースではなかったのかもしれない。だからどこか卒然としたところもある。「私のこと」ということばは、自伝ではまず登場しない、稀有なことばである。目に深くしみいる。

本書のⅡ「水たまりの大きさで」は、気持ちを定めてからの加藤さんの文章で、比較的長いものが多い。

「知っていることのなかに、知らないことを見つけることは、難しい。知らないことは、決して探して見つかるものではないからだ。」(「イギリスの村上春樹」)

この一節などは、知ることの楽しさと、難しさを、その両面に沿って指示したもので、加藤さんらしい柔らかな語りが生きている。最後に置かれた「もう一人の自分をもつこと」という文章も興味ぶかい。自分の文章がわかりにくいという見方に応じて、こう書く。

「それは、右にあげたような社会的・政治的なことがらを扱うに際し、私のなかには、これらのことは大事だ、しかし、人が生きることのなかにはもっと大切な事がある、それに比べたら、こうしたことがらは、重要ではあるけれども、結局、どうでもいいことだ、というような「見切り」の感覚が、つねにあったということである。」

「窓の外にはチョウチョが飛んでいる。親子が公園を歩いている。もっと大事なことは、そちらにある、という感覚が、つねに私の脳裏を離れなかった、ということである。」

こうした加藤さんの文章は、人々になかなか受け入れにくいものなのかもしれない。他の批評家の、社会的な内容をもつ文章に、このような感覚をにじませるものは、ほとんど見かけないからだ。加藤さんの文章は、いつもとてもきれいで、何が書かれていようと、曇ったところ、淀んだところがなく、視覚的に、ぱっと、明るいのだ。こうした明るさは、「自分」のなかにあり、「もう一人の自分」のなかにもあるように思う。だから「もう一人の自分」などと区別しなくていいのだが、そのように書いてみる、そして書いてみたら、そのように生きたくなる。そういう文章を書いた人なのだ。ほんとうに一人になったと思うとき、こうしたことばが生まれるのだと思う。

「私のこと」が、より鮮明に表現されたのは、本書後半に収められた詩集『僕の一〇〇〇と一つの夜』(私家版・二〇一九年)という、加藤さんの最初にして最後の詩集だろう。亡くなる半年前、二〇一八年一一月から書かれたもので、没後に刊行された。「現代詩手帖」でこれらの詩を見たとき、加藤さんの詩なら、どんなものでも、いいものだろうなと思って、しばらくたってから、読んでみたら、その通りだった。加藤さんと以前話したとき、現代詩といえば、ぼくらは角川文庫の『現代詩人全集』(全一〇巻)だったね、ということになった。この文庫で、加藤さんもぼくも現代の詩を知ったのだ。でも加藤さんの詩には、鮎川信夫も田村隆一の詩も、なんにもないのだ。影を落としていないのだ。どちらかというと、現代詩ではなく近代詩のように、すなおで、平易なものだ。でも平凡ではない。そこにぼくは魅力を感じた。

たとえば「頭を垂れて」という詩は、父親のようすを思い浮かべたもので、「頭を垂れて／いつまでも／聴いていたいと思うのだ」という結びまで、心の諧調が静かに、ひめやかにひびく。人にそのまま伝わる詩だが、「伝わる」書き方を最初からとろうとしたのではない。ごく自然にそうなったのだと思う。「小さな穴」や、家族を想う「雪」という詩などもいい。こういう情景は多くの人が、通り抜けていくものだが、ことばのなかに大切に保管された。また読み返したくなる。この詩のもとへ、引き返したくなる。普段詩を書かない人が詩を書くと、詩らしくしようと、ことさらに意識して、身を震わせるものだが、加藤さんは、いつものままで書いた。そこから、詩が生まれた。また、もう一つの特徴は、批評のことばがそのまま生かされていることである。いつも書いてきた批評のなかのことばが、その普段の順序のまま整列していることも多い。それができるのは、詩のことをよく知る人だからだと思う。

水が流れる音がして
その音がとぎれると
そのまたむこうで
別の水が流れている

「深いところには」の一節だ。「もう一人の自分」という批評のなかのことばと、加藤さんの「別の水」という詩のことばは、ほとんど一致しているように見受けられる。詩と批評が、「同時代」を生きるように、一致している。別の群れをつくることはない。だから無理がない。ああ、加藤さんは詩を書いている。いつもの姿勢で、書いている。そう思って、ぼくはとても安らいだ気持ちになるのだ。加藤さんは、現代の詩をいっぱい読んでいたと思うけれど、その視界にとらわれることはなかった。ことばとの関係において、すこやかだった。「私のこと」を、晴れた心地で書いていた。そこから、いいことばがいくつも飛び立った。加藤さんはもう亡くなったけれど、本書の詩文は、読む人のそばに永く置かれることだろう。

いまにして思うと、どちらも、はずかしがりやのようだ。二人で話すことは、ほとんどなかったのに、いまぼくは加藤典洋さんと、楽しく話をしている。二人の「私のこと」を静かに語り合っている。そんな気持ちである。

（あらかわ・ようじ　現代詩作家）

本書は、二〇一九年一一月に岩波書店より刊行された『大きな字で書くこと』、および同年同月に私家版として刊行された『僕の一〇〇〇と一つの夜』を併せ収めた。

大きな字で書くこと／僕の一〇〇〇と一つの夜

2023年3月15日　第1刷発行

著　者　加藤典洋《かとうのりひろ》

発行者　坂本政謙

発行所　株式会社 岩波書店
〒101-8002 東京都千代田区一ツ橋 2-5-5

案内 03-5210-4000　営業部 03-5210-4111
https://www.iwanami.co.jp/

印刷・精興社　製本・中永製本

ISBN 978-4-00-602350-8　Printed in Japan

岩波現代文庫創刊二〇年に際して

二一世紀が始まってからすでに二〇年が経とうとしています。この間のグローバル化の急激な進行は世界のあり方を大きく変えました。世界規模で経済や情報の結びつきが強まるとともに、国境を越えた人の移動は日常の光景となり、今やどこに住んでいても、私たちの暮らしは世界中の様々な出来事と無関係ではいられません。しかし、グローバル化の中で否応なくもたらされる「他者」との出会いや交流は、新たな文化や価値観だけではなく、摩擦や衝突、そしてしばしば憎悪までをも生み出しています。グローバル化にともなう副作用は、その恩恵を遥かにこえていると言わざるを得ません。

今私たちに求められているのは、国内、国外にかかわらず、異なる歴史や経験、文化を持つ「他者」と向き合い、よりよい関係を結び直してゆくための想像力、構想力ではないでしょうか。

新世紀の到来を目前にした二〇〇〇年一月に創刊された岩波現代文庫は、この二〇年を通して、哲学や歴史、経済、自然科学から、小説やエッセイ、ルポルタージュにいたるまで幅広いジャンルの書目を刊行してきました。一〇〇〇点を超える書目には、人類が直面してきた様々な課題と、試行錯誤の営みが刻まれています。読書を通した過去の「他者」との出会いから得られる知識や経験は、私たちがよりよい社会を作り上げてゆくために大きな示唆を与えてくれるはずです。

一冊の本が世界を変える大きな力を持つことを信じ、岩波現代文庫はこれからもさらなるラインナップの充実をめざしてゆきます。

（二〇二〇年一月）